古玩人生

之六 古玩泰斗

鬼徒／著

古玩人生之六 古玩泰斗

目錄

第一章

爭奪戰

王彪淡淡的說：「形勢不太妙。」
其實，不用王彪說，
劉宇飛也感受到場內的氣氛，是何等緊張！
不光是那些小商戶們在蠢蠢欲動，
就是郝董這樣大商家，也在察言觀色。

如果說賭石以來，賈似道對於翡翠原石還有什麼祈求的話，恐怕也就是現在這會兒，內心裏對於那塊瀝青表皮的翡翠原石的期盼了！

相對而言，賈似道同樣也理解了，為什麼好多人能為了翡翠原石而瘋狂。在明知道翡翠原石的價格已經達到市場價格底線時，還是義無反顧地往上加價！

想要賭漲、切漲、賺錢，是一個方面。要是最終切開原石的結果，能與自己最初通過對於翡翠原石外表皮的觀察，從而推斷出來的翡翠原石內部結構相吻合的話，即便多付出一些金錢，又何妨呢？這種火眼金睛的成功感覺，恐怕才是對那些賭石老手們最大的吸引力所在。

而想要做到這一點，唯一的可能性，就是必須拿下這塊翡翠原石！如此一來，也就更加助長了翡翠原石的價格了！不是行家們心裏不明白，而實在是耐不住內心那種對於切石的嚮往！

而就在賈似道神思恍惚間，音箱裏又傳來了後續開標的價格。

一時間，自然是有人歡喜有人憂了。賈似道的注意力，就被不時傳來的歡呼聲給驚動！再看身邊的李詩韻，突然就攥緊了自己的手。賈似道眉頭微微一跳，應該是距離李詩韻所投注的第一個標號不遠了吧？

與此同時，王彪倒是先樂呵呵地笑了起來。

賈似道當即拍了王彪的肩膀一下，說了句：「恭喜恭喜。王大哥，這可是我們幾個人裏的開門紅啊。」

「多謝。」王彪也不客套，說道：「只是個小號中了而已。重點目標，恐怕有點懸。」

「不管怎麼說，這也是個好兆頭……唉，可惜我怎麼就沒這麼好的運氣呢。」劉宇飛卻在邊上感慨了一句，「連個小號也沒中。」

「你？」賈似道不禁聳了聳肩，說道：「你才投了幾份標啊。你的重點應該是在『明標』那邊。倒是可憐我，本來就把目標放在暗標這邊，結果，到現在為止，卻沒投中一塊呢。說不定，到時候，我就要和劉兄你比拚一下『明標』部分了，要不然，總不能讓我空手而歸吧？」

「小賈，你不是說真的吧？」劉宇飛忽然臉色變得嚴肅了許多，對賈似道很認真地問了一句：「要是連你都準備摻和進去，恐怕我下午的日子，真的不會太好過了。」

其實，不要說賈似道了，就是其他的一些翡翠商人，在突然遇到前面暗標的價格如此高猛之後，心裏自然會打起其他的一些小心思。諸如，在前面投標不中的話，勢必會留下不少資金。那麼，把這些資金全部押注到後面的明標部分，也就理所當然了。不然，難道白來一次揭陽？

而且，更為重要的是，這裏是陽美！陽美的賭石，靠什麼出名？合作啊！

要是這些個別的小戶商人，預留出了足夠多的資金，再大家合夥一起在後面的「明標」區域，看中了某一塊翡翠明料之後全力投標的話，不要說劉宇飛這般的翡翠商人了，就是那些下海的大老闆恐怕也有點吃不消。

在任何一個地方，集體的力量，都是不容小視的。

「呵呵，你別太擔心，我也不過就是說說而已。」看到劉宇飛的臉色不斷變化著，賈似道不禁安慰了一句：「劉兄，你還不知道，我無非也就是玩玩全賭原石罷了。真要去拚那些明料的話，我還不如直接從你那收購呢。」

「這話說得，讓我安心了不少。」劉宇飛聞言，長長地舒了口氣。就是不知道他那誇張的表情，究竟是做作的，還是發自內心的。

不光是劉宇飛，邊上的王彪看著賈似道也露出一個贊許的眼神。不管怎麼說，以賈似道現在的人際關係以及銷售網路，要是去拚全賭甚至於半賭翡翠原石的話，王彪和劉宇飛都不會有絲毫意外。但要是真的花大力氣去投標那些翡翠明料，就有點本末倒置了。

「一百五十號，九十八萬！」

「一百五十一號，三百六十萬！」

「一百五十二號，七十三萬！」

……

一行人中，一直不動聲色的紀嫣然，聽到這裏，忽然下意識地揮了揮自己的拳頭，嘴裏說了句：「Yes！」

那緊張的俏模樣，看得邊上的賈似道幾人不由得心裏一樂！李詩韻還取笑了紀嫣然一句：「嫣然，沒想到你也會有這麼激動的時候啊。」

那話裏的意思，自然是讓紀嫣然微微有些尷尬。不過，好在先前的時候，當李詩韻第一個投標的號也投中的時候，她的表現也好不到哪裏去。兩個女子，自然是相互打趣了起來。而紀嫣然如此的情態，倒是讓邊上的三個男子暗自點頭。這樣一個紀嫣然，才算是一個正常的女子。只不過，天知道她一貫的冷淡，是不是還有改變的可能性！

在之後的許多標號中，大家的神色都有了一些改變。不管是投中的，還是沒投中的，音箱裏每一次喊出來的價格都讓一行人的臉色，微微地出現了變化。

不光是賈似道一行人，邊上的不少翡翠商人，也是有的欣喜，有的鬱悶。

就連賈似道這般大肆撒網，價格出得比較保守的人，在半賭毛料這邊，也已經投中兩三個標號了。只是賈似道的記憶力並不是很好，對於自己所投中的，雖然記得價格，但是究竟投中了什麼樣的料子，卻已經記不太清楚了。

這讓賈似道有些苦笑不已。看來這翡翠公盤上刻意營造出來的緊張氣氛，讓人的腦袋都變得有些遲鈍了？

「行了，小賈，你別哭喪著臉了。」劉宇飛因為也投中了兩個標號，臉上出現了一絲笑容。這對於他來說，已經是額外收穫了，儘管他在出價的時候，都已經往偏高的水準出價了：「我可是注意到，你剛才興奮的神色，比我還多一次。很明顯，你已經投中三個標號了。」

「這個你都注意到了？」賈似道愕然，也不再去多想，能讓他出手的那些翡翠原石，都具備很高的賭性。

「一百八十八號，三百二十萬！」

「一百八十九好，一千五百零二萬！」

……

「耶！」賈似道暗自攥緊了拳頭。他的這般舉動，倒是和紀嫣然先前的那般舉措有些相似。搞得劉宇飛在他和紀嫣然的身上來回打量著，那一臉促狹的模樣，似乎是賈似道和紀嫣然事先商量好了一般。賈似道不禁沒好氣地捶了劉宇飛一拳，說道：「你還是好好準備一下，等待下午『明標』那邊的戰爭吧！」

「小賈說得沒錯。」王彪暗自歎了口氣，說道：「從現在開標的這些價格來看，這翡翠原料的行情可是一路上漲啊。那些我原本還不太看好的翡翠料子，竟然也都拍出了較高的價格，實在是有點出乎我的意料。『暗標』尚且如此，下午的『明標』不容樂觀。」

「呃……」劉宇飛也想到了下午的激烈競爭，一時間也失去了繼續調侃賈似道的興致。

待到音箱裏那輕柔的聲音喊出來的標號，一路往後攀升到五百多號的時候，賈似道看到王彪的神情終於鬆了一口氣。而紀嫣然，因為有了第一次的那份激動，此後再有中標的時候，神情倒是淡然了許多。

整個半賭毛料區域的標號全部結束，紀嫣然僅僅中了三個號而已。反倒是李詩韻的網撒得比較開，六人中間，在數量上，可算是一路領先。只不過那價格嘛，賈似道淡淡地笑著，看了看李詩韻，反而覺得，她挑中的這些翡翠原石，即便切開之後，也大多是為了她的珠寶公司準備的吧？

幾乎所有的翡翠原石，都屬於中檔級別的。

「五百六十一號，三萬！」

「五百六十二號，十一萬！」

……

轉眼間，音箱裏的聲音，開始報出全賭毛料那邊的中標情況。與半賭毛料區域相比，價格上一下子就掉了很多。這個時候，王彪已經不太專注於音箱裏的聲音，他壓根兒就沒有在翡翠公盤上投注全賭毛料，要是他想要獲取更多的全賭毛料的話，還不如找幾個線人，讓他們帶著直接去貨主那邊看貨來得實在一些。

所以這時候，王彪便和劉芳兩個人很輕鬆地關注著其他一些翡翠商人的神色變化，這也算是翡翠公盤上的一大亮點了吧？

要是在其他時間裏，想要看到這些身家不菲的商人們的變臉景象，可實在是不太容易啊！

賈似道琢磨著，王彪這一次在翡翠公盤上的收穫，應該也是不小！這一點，從他眼神的變化中就能看出來。雖然他失去了參與到下午「明標」區域的競爭力，但是，塞翁失馬焉知非福。

劉宇飛依舊是一貫嬉笑的表情。

而賈似道和紀嫣然、李詩韻三人，此刻還在耐心地靜靜等待。到音箱裏說出七百二十八號標的時候，賈似道心裏還是忍不住緊了一緊。待聽到報出來是二十一萬的價格時，賈似道臉上才恢復了些許平靜之色。

「小賈，那塊紅翡是你賭的？」李詩韻就站在賈似道邊上，對於他的神情變化，自然是有所察覺。

「嗯。」賈似道點了點頭。反正標都已經開出來了，也就沒有什麼好隱瞞的。順帶著，賈似道還看了一眼紀嫣然。試圖從她的表情中看出一點什麼來。以賈似道的估計，紀嫣然應該也在這份標上投注了。只不過，紀嫣然只是在李詩韻詢問的時候，轉過頭注意了賈似道一眼，其他的倒沒有什麼特別表現。

一時間，賈似道的心中，倒是有點惴惴不安了。

中午休息的時候，一行人隨便吃了點東西，就算是打發了肚子，然後在飯後稍作休息。

早上的開盤，對於大多數商人們來說，不管是失望也好，還是欣喜也罷，都不過是暫時的。一切的表像，似乎都在期待著下午的激烈角逐！

再度站在熟悉的翡翠公盤場地上，賈似道的神情，也顯得有點風輕雲淡。從踏足這裏開始，賈似道就知道，下午的主角，並不是他。

相反，劉宇飛卻顯得有點緊張。

在眾人的期待中，那些「明標」區域的翡翠明料，早早地就在中午間歇的時間裏，被主辦方的人重新擺到了架子上。一些在「暗標」部分碰壁的商人，此時正在抓緊時間察看這些翡翠明料，以求找到一些「失落」之後的替代品。

「形勢不太妙。」王彪對著劉宇飛，淡淡說了一句。其實，不用王彪說，劉宇飛也可以感受到這個時候場內的氣氛，是何等緊張！不光是那些小商戶們在蠢蠢欲動，就是郝董這樣的大商家，也在這個時候察言觀色，希望找到一些對自己更加有利的資訊，從而在接下來的競標中勝出！

「一千零一號，三百二十萬！」

「一千零二號，流標！」

接著早上已經開出來的標號，在「明標」的競爭之前，還有少量「暗標」是沒有開出來的。用王彪的話來說，這是主辦方故意用來提升場內氣氛，為的是防止一開始競拍「明標」，導致不少人回不過神來，從而使整個競拍不夠氛圍！

不過，看那些商人一個個伸著老長脖子，翹首期待的模樣，賈似道暗自搖頭，與其現在著急著去拚「明標」，還不如趁昨天找些「暗標」下手。這不，在這一千多份的翡翠毛料中，可是有不少流標的！

「呵呵，小賈，你是不是覺得，大家都去爭搶翡翠明料，有點硬要往裏湊的感覺啊？」王彪倒是沒有包袱，整個人明顯要比早上精神許多。見賈似道點頭，王彪也不在意，說道：「只能說，小賈你的賭石之路，走得實在是太順了……」

隨後，當賈似道用疑惑的眼神看著王彪的時候，王彪卻歎了口氣，說道：「想起來，我們第一次見面的時候，到現在也才僅僅過了一兩個月的時間吧？」

「是啊，那時還在雲南呢。」賈似道應了一句。

「可以看出來，要是老哥我沒猜錯的話，那是你第一次去雲南賭石吧？」王彪一邊說，一邊注意著賈似道的神情變化。

「的確。」賈似道也沒什麼好否認的。從「天下收藏」論壇開始，到接觸這些行家，賈似道就預想過，自己的賭石經歷會在以後的某一天被人提起，他也沒打算要隱瞞些什麼。

忽然，賈似道注意到李詩韻和紀嫣然兩人傾聽的樣子，淡淡一笑道：「王大哥，其實不光是我，就是李姐和嫣然，她們第一次雲南賭石，也在那一次呢。」

「哦？」王彪心裏一動，倒是頗有點好奇地看著兩個女人。

「嗯，那的確是我第一次去賭石。」李詩韻落落大方地說了一句，「不過，嫣然是以前就懂這一行的。倒是我，即便到現在，在賭石的眼力也是個外行人！」

「呵呵，小李這話就有點謙虛了。」王彪淡淡地笑著，「早上的時候，我們幾個裏面你的收穫可是最多哦。」

李詩韻嫣然一笑，卻揮舞了一下粉拳，一副自信滿滿的樣子。

「想不到，李姐到了下午，竟然還有收穫啊。」賈似道出言揶揄了一句。

「小賈，難道你投了這麼多標，下午就沒有了嗎？」李詩韻好奇地問道。

「呃……」賈似道不由語塞，說起來，他手裏還有幾個投標的號碼。誰讓賈似道和李詩韻的投標方式差不多？都是撒開了網，能撈多少就撈多少的打算？唯一的區別，就是李詩韻的資金比較少，要求也比較低，看中的大多數都是一些中檔偏下的翡翠原石。和她搶的人，稍微少一些罷了。

而賈似道的眼光自然要高上許多。投標的時候，每一份的價格也就上揚了不少。再加上高檔翡翠原石競爭要稍微激烈一些，到現在為止，在中標的數量上，賈似道倒是遠遠落後於李詩韻。

算上那期待很大的一千五百零二萬的一百八十九號標，賈似道也不過是一共中了四次而已。而下午的那幾個標號，賈似道下意識地注意了一下一千三百零八號標，那是一塊很普通的翡翠原石，已經對半切了開來的。重量上寫著四十二公斤，但是價格上卻僅僅只有四萬塊錢。

如此重量，又是如此底價，在翡翠公盤上卻是不多見！

但是，可以預見的是，這樣的翡翠原石，要是比起翡翠公盤上其他的翡翠原石，表現上自然也就差強人意了。賈似道給出的價格卻是八萬。似乎對於翡翠公盤上標明的底價，只要翡翠原石表現稍微好一點，那麼，即便是雙倍的價格，也不一定就能拿下來，甚至還需要花費一點小心思。就好比是一百八十九號那樣，賈似道勝得實在是驚險！

而要是表現不怎樣的翡翠原石，賈似道琢磨著，雙倍的價格，應該也就足夠了。只不過，他所投注的基本上都是雙倍價格以內，以至於投了二十幾份的標，也才中了這麼四個而已！

「好了，好了，你們兩個啊，都是這次翡翠公盤上的大戶。」王彪在邊上聽賈似道和李詩韻兩個人說得有趣，笑呵呵地插了一句：「要是現在的年輕人，都和你們兩個一樣，那我們這些老人，可就沒有什麼市場嘍！」

「哪能啊。」賈似道聳了聳肩，說道：「不管怎麼樣，王大哥您的收穫，也不會比我們幾個少的。」

王彪聞言，淡淡一笑，卻不置可否！

整個翡翠市場也就這麼點大，只要是有心人注意一下王彪旗下所有的翡翠珠寶店，往後一兩年內所流出的翡翠成品，就會有個大致的判斷。這也是翡翠一行，高檔的翡翠成品幾乎都形成了壟斷規模的趨勢所在！

沒點家底的人，壓根兒就玩不起！

總不至於每個人都能有賈似道這般的運氣，異軍突起吧？

想到這裏，王彪大有深意地看了賈似道一眼，說道：「一兩個月的時間，在賭石一行，就有你現在這般的規模，實在是很少見。小賈，你以後出去的時候，還是要多留個心眼為好。在看貨的時候，跟著我，或者跟著小劉，先打個招呼。不然的話，容易引起一些別有用心的人的注意。」

「嗯，我記在心裏了。」對於王彪的警告，賈似道倒是樂於接受。有些事情，別光顧著表面的風光，多留個心眼，卻是必需的。賈似道準備，以後要是去看翡翠原石的話，勢必要和郝董這樣，走到哪裏都組織一群人去，這樣，就可以把危險給分攤了！

看到賈似道已經會意的神情，王彪也點了點頭，就不再多說了。有些東西點到為止即可。

「一千三百零七號，九十二萬。」

「一千三百零八號，八萬。」

……

如同賈似道原先所預計的那樣，這塊表現並不怎麼出色的翡翠原石，最終被賈似道以底價雙倍的價格給收入囊中。音箱中傳出來的清脆悅耳聲音，在賈似道聽來，就好比是天籟一般，格外舒心。

如果可以讓賈似道選擇重新投標的話，他琢磨著，自己所投出去的那二十幾份標號，怎麼也可以中上十來個。還是經驗不足。不過，這也是賈似道第一次參加翡翠公盤，雖然事先有王彪和劉宇飛等老手的經驗之談幫襯著，但是，真到出手投標的時候，賈似道還是表現得有點太過謹慎。

反倒是李詩韻，用賭場贏來的錢下單子，沒什麼心理壓力，她把價格稍微拉高，即便貨主攔標，對於李詩韻而言，那也是少數。這樣一來，收穫當然不小。

片刻後，音箱裏傳出的清脆聲音忽然消失了，隨即出現的又是一段輕音樂。而主辦方搭建起來的平台周邊，卻一下子聚集了更多的翡翠商人。有些在交頭接耳，有些在冷著臉沉思著……

王彪用手肘碰了碰賈似道，說：「我們是去那邊親身體驗一下呢，還是站在這邊旁觀？」說話間，王彪的眼神卻瞟了眼平台那邊。而劉宇飛和幾人示意了一下，就率先走向平台那邊。

「還是一起去看看吧。」賈似道看了一下周邊的人群，大部分商人都還站在原地，只有少數想要在明標區域一展拳腳的，才會湧向平台那邊。當然，也不乏一些純粹看熱鬧的。

「走吧。」王彪聽聞賈似道的話，認同地點了點頭。隨後，劉芳和賈似道等人也一起跟了上去。

明標開始，第一標，就是競拍一塊很清晰透徹的玻璃種紫色翡翠明料。賈似道注意到，這是幾人昨天察看翡翠料子時，在「明標」這邊最先看到的幾塊紫色翡翠料子中成色較好的一塊！

劉宇飛二話不說，直接就填好單子送到了主席台上。

當然，明標和暗標最大的不同就是，當你下了一次單子之後，又對自己先前下注金額有點擔心的話，還可以再次填單子到主席台上投標。只要在上面司儀宣佈這個標號的投標結束之前，你都有機會選擇修改下注金額！到最後誰價格最高，誰就獲得這份標號的翡翠！

至於每個人出多少價格，依舊是保密的。

只是，這明標中的第一號標，開出來的最後價格，就是震撼的一千三百萬！那鮮紅的一串數字，高高地掛在平台後方的滾動螢幕上。

一時間，讓場內這些翡翠商人們，不由得全部倒抽了一口氣！高！實在是太高了！

古玩人生

第二章

合作收購

雖然聯合出手有勝算，但也抬高翡翠的價格。
楊泉和劉宇飛都擺明了，不是你死就是我亡。
那麼，在待會兒下單子的時候，
注意彼此的神情變化和投注單子次數。
反倒是賈似道合作投標的異軍突起，
可能是這塊翡翠明料競標的最大攪局者！

「王大哥，該不是有人準備在翡翠公盤上洗錢吧？」賈似道看了一眼那塊競標中的玻璃種紫色翡翠明料，即便切出兩對手鐲來，剩餘的邊角料也算成一對手鐲，不管怎麼賣，也賣不到一千三百萬啊！

也難怪賈似道有這般驚人的猜測。

「還真是難說。我覺得可能還真有人在故意炒作。」王彪摸了摸自己的後腦勺，很無奈地說了一句。至於劉宇飛，這時候的臉色，絕對是一片死灰色。但是，在那失望底下，卻蘊藏著一種衝動！此時的劉宇飛，就像是一個即將被點燃的火藥罐一樣！

而隨後緊接著開出來的幾百萬、上千萬，乃至於四五千萬價格的翡翠明料，似乎完全讓賈似道找不到北了。連王彪這樣的大商人，也長嗟短歎的，很難說，這個時候眾多翡翠商人的心情，是如何複雜！

尤其是像李詩韻這樣的小商戶，她手頭的那點資金，即便全部投入到這裏面，恐怕也翻不起一點浪花。

而那些在前面暗標部分頗有收穫的商人，此時都紛紛拍了拍自己的胸口，那臉上的神情，怎一個慶幸了得！

「小賈，你說小劉該不會有什麼事吧？」看到隨著競拍不斷進行，劉宇飛在投標的時候，由先前的每一份標號，只下一張單子，到後來下兩三張單子。到現在，每份標號都要下個四五張單子，他臉上的猙獰表情連李詩韻看著都有些揪心。李詩韻不禁拉了拉賈似道的衣角，小聲問了一句：「他在前面投標中，也算拿下了兩份標號的翡翠了。即便現在競標不上，也不至於表現成這樣吧？」

「兩份？」賈似道暗自嘀咕一句。那兩份翡翠明料，在賈似道看來，並不算太過出色。而劉宇飛的重點目標，自然也不在此。所謂的大商人，就應該有自己的底氣，需要有重點的選擇。

要是劉宇飛像李詩韻這般，僅僅滿足於投中的翡翠數量的話，他完全可以在前面的暗標大把大把地撒錢嘛！

賈似道拍了拍李詩韻的手，說道：「沒事的，我們還是不用去管他了。你看看，周圍的這些人，哪一個不是和劉兄一樣的神情？」

李詩韻轉頭一看，還真是如此。似乎每一個人都著了魔一樣，賭紅了眼！只要自己口袋裏還有錢，不管是不是在預算之內，如果看中了的翡翠明料，就會拚了命地加價格。

賈似道注意到，竟然有人會在一份標號上，修改七次自己心中的價格！也就是說，他竟然在同一份標上一共投注了八張的單子！

暫且不去管他是不是做戲，又或者對於這塊翡翠明料有著如何的信心，就憑著他能自己和自己在如此短的時間內，較了七次的勁，賈似道就覺得應該要對他肅然起敬！

要知道，不管是出於什麼心理，在面對同一塊翡翠明料，加注的時候，每一次修改自己的作品，都是一次對於自身心理素質的考驗。

就跟王彪所說的，雖然這「明標」的投注方式，對於主辦方和貨主而言是非常有利的，但是，對於翡翠商人們而言，這同樣是一個鍛煉自己的好地方！這其中的每一次下注，都需要根據自己對於翡翠明料價值的判斷和對眾多對手的身分、身家、流動資金以及下注金額的判斷，之後，才能得出一個合理的價位，才能投注。

這麼一來，不管是否最終能夠獲勝，都是一種收穫。

要是某個翡翠大商家，敢站出來說，自己沒有經歷過這樣激烈的「明標」爭奪戰，那麼賈似道等人完全可以鄙視他，因為他壓根兒算不上一個行家。

說真的，對於眼前這些翡翠商人們的激烈角逐，賈似道內心裏還真有插上一腳的想法，不一定非要拿下某一塊翡翠明料，就是感受一下其中的氣氛，也是個很不錯的選擇。說到底，站在邊上旁觀，和自己親自進入爭奪投標的行列，那種感觸可是有著天淵之別。

這不，剛巧說到這裏時，賈似道的眼前一亮，機會來了。

接下來要競標的居然就是那塊玻璃種藍翡翠！

「走，王大哥，不如你也摻和一腳？」賈似道看了一眼王彪，笑呵呵地說。

「我還是算了吧。」王彪神情微微有些動容，隨即卻說道：「而且，我這樣沒資金的人，要是下單子，實在是心裏沒底。」

「呵呵，說得也是。」李詩韻在邊上深有同感地插了一句。

「詩韻，要是你真有興趣準備投標的話，不如，我們一起合夥怎麼樣？」紀嫣然這個時候提議道，說話間還看了看王彪，大有大家一起合作的意思。

「對哦，我怎麼就沒想到這一點呢。」王彪一拍自己的大腿，說道：「要知道，這裏可是陽美村！合作收購，可是這邊的特點啊。我說那些我認識的商人們，怎麼一下子多出了這麼多的資金。看來先前我是鑽了牛角尖了……我看這樣，不如我們四個人一起合作，你們看如何？」

「行啊。」賈似道聞言，也是眼睛一亮。畢竟，這也是他第一次參與明標的爭奪。尤其還是這麼一塊頗為重要的玻璃種藍翡翠。

他可不願意自己的第一次參與明標的競爭，最後以虧本的姿態來結束！但是，現在有了王彪等人的參與，結果卻大不相同。賈似道至少可以在高價贏下這塊翡翠料子之後解決出售的問題，畢竟後期製作成品和銷售，也能將利益最大化。王彪背後的珠寶公司以及翡翠加工廠，可不是個擺設！既然他也參股在內，這些問題自然可以由王彪來解決了。

如此一來，賈似道一行人，即便和楊泉那些人硬拚，至少在一些先決條件上，也不會有太大的弱勢。

用賈似道內心裏的話來說：那就是再輸，也不能輸在起跑線上。

「那就這麼說定了。」王彪看上去，似乎比賈似道還要激動：「小賈，我看這塊翡翠料子的底價，我們就沒有必要參考了。根據這塊翡翠料子大小以及水種這些情況，在市場上的價格來判斷，估計也就是在四五百萬左右！」

「嗯，王大哥你的判斷，還是比較讓人信服的。」賈似道答了一句。

「我也贊同。」李詩韻和紀嫣然聞言，自然也紛紛點頭。

既然大家都準備合作了，那麼對於翡翠明料價格的判斷和投注之後的一些舉措，大家還是事先說開了為好。

「不過，我們真要想拚下這塊料子的話，我估計，至少需要這個數。」說著，王彪伸手輕輕地比劃了一個「七」的數字。不過，說實在的，即便是王彪自己，也是心裏沒底。單純的一塊翡翠料子，價值在四百到五百萬之間，那麼，即便請比較好的工匠，雕刻出來之後，再拋光打磨，再找合適機會出手，估計也就是能賣個六七百萬的樣子！

以高檔翡翠的成品價格而言，這樣的利潤，無疑已經是非常巨大的了。但是，現在如果要以七百萬左右的價格來進貨，自然是讓人有點心疼，甚至是擔心。要是在雕刻的時候，一個處理不當，恐怕還會導致虧本！

「王大哥，我琢磨著，到了最後，恐怕這個價格，還不一定能拿得下來。」賈似道說著，還看了看楊泉那一行人。似乎是心有感應，楊泉在這個時候看向賈似道的時候，也微微點了點頭。此時楊泉的重點很明確地投在了劉宇飛的身上。

想到劉宇飛，在這時，賈似道琢磨著還是不去打攪他為好。

「嗯，我也是這麼個想法。」其實在紀嫣然決定摻和進來的時候，李詩韻就已經在她的耳邊說起楊泉和劉宇飛、賈似道之間的一些糾葛了。

這樣一來，對於這塊突然出現在翡翠公盤上的玻璃種藍翡翠，無疑又是一次無形的抬價！

不過，有利就有弊。雖然聯合出手有了更多勝算，但無疑也抬高了這塊翡翠的價格。

既然楊泉和劉宇飛這兩方都擺明了，不是你死就是我亡的態度。

那麼，在待會兒下單子的時候，只需要注意互相之間的神情變化和投注單子的次數，也就足夠了。反倒是賈似道幾人合作投標的異軍突起，可能會成為這塊翡翠明料競標的最大攪局者！

「那麼，小賈，你的意思是準備出多少？」王彪想了想，還是問了出來。

「至少這個數！」賈似道先是做了一個「七」的數字，隨後，又做了一個「五」的數字。這意思，就是準備出七百五十萬的價格了。

而看到賈似道的舉動之後，即便是王彪，也暗自深思起來。想要參與到明標的競爭，自然是一個方面，但要是這筆生意鐵定賠錢的話，作為商人來講，還是不太願意的。不過，再微微琢磨了一陣子，尤其再度遠遠地瞥了一眼那塊玻璃種藍翡翠之後，王彪卻眉毛一揚，先感歎了一句：「唉，還是年輕好啊！」又緊跟了一句，「那麼，在資金分配上，我們又該怎麼算呢？」

「我這裏，除去前面那些已經中標需要支付的之外，還可以拿出最多五十萬。」李詩韻先開口說了一句。反正，四個人裏面，在資金的投入上，她肯定是最少的，也就沒有必要藏著掖著了。

「我這裏少一點的話，可以出個一兩百萬，要是多的話，可以提供三百萬。就看你們倆的打算了。」紀嫣然淡淡地說了一句。似乎這幾百萬的錢，壓根兒就不算錢一樣。而通過她的一句話，賈似道已經暗自揣測著，紀嫣然身上，應該還有不少流動資金尚未動用。

「咳——」聽到紀嫣然那輕描淡寫的話，王彪不禁也老臉一紅，先咳嗽了一聲以示掩飾，然後才開口說道：「我這邊的資金比較短缺，而且回去之後，我總不能身上一分錢都拿不出來。」說著，還自嘲地笑了笑，當然，這也是紀嫣然敢於出價三百萬給鬧的，不然王彪倒不至於有如此感慨：「所以，我這邊，就出價一百萬好了。剩下的部分……」

說著，王彪緩和了一下語氣，把眼神看向了賈似道。

「呵呵，行，就這麼定了吧。」賈似道卻拍板道。其實，以賈似道的資金，即便這七百多萬全部都由他來出，也沒有任何問題。

在前面暗標的時候，因為賈似道的投標價格大多比較保守，只有在遇到自己心儀的翡翠原石時，才會稍微拚上一把。這麼一來，資金的支付自然是遠遠低於他的目標了！

而且，賈似道在投標之前就已經計算過，即便所投注的翡翠原石全部都中標了，他的手頭依然還有不少流動資金。他也是一個窮怕了的人，既然準備玩古玩收藏的，怎麼可能會讓自己的手頭比較拮据呢？拉王彪進來合夥，無非是想要倚仗王彪，在雕刻以及出售方面的管道罷了。

「李姐，你就出五十萬，王大哥出一百萬，嫣然你就出三百萬好了。剩下的就全部由我來出。至於最後的收益，就根據出價的多少來分配好了。」賈似道淡淡地說著，很有一些指點江山揮斥方遒的感覺：「現在，整塊的翡翠料子大家都看到了，我們計畫的最高心理價位，定在七百五十萬！具體的出價情況，還需要看馬上就開始的競標情景才能夠確定了。」

就在賈似道的說話間，這塊玻璃種的藍翡翠，就已經開始了競標！

他繼續說道：「如果我們出到七百五十萬這個最高價格，還不能拿下這塊玻璃種藍翡翠的話，那只能說明，不是我們實力不夠，而是這個世界太瘋狂了。」

「咯咯……」賈似道的最後一句話，讓邊上的劉芳忍不住笑出聲來，幾個人之間的氣氛頓時為之一鬆。

看了看那邊的楊泉和劉宇飛兩個人，並沒有什麼行動，似乎還在考驗著對方的心理，準備謀定而後動。賈似道的嘴角不禁微微一翹，說道：「看來，需要我們來拋磚引玉一下了。王大哥，這第一單，不如，就由我去，如何？」

「去吧。」王彪很爽快地拍了拍賈似道的肩膀，說道：「記得，表現得自然一些就好。你越是自然，楊泉那邊的壓力也就越大！」

「那是！」賈似道從過道的邊上拿來一張單子，開始填了起來。這些單子，主辦方為了大家投注的時候方便，不僅僅是在主席台上有專門的人來分，就是在過道邊上也放了不少。只要你不投放進那個競標的箱子裏，哪怕你就是填個一億、兩億的來玩，也沒人會在意！前提是，你得有那份玩鬧的心情！

賈似道很利索地寫上了一個六百八十萬的價格，還認真地數了數上面的五個零，確定了數目，才放下心來。

看得邊上的王彪，嘴角微微一笑，說道：「小賈，看來你還是比較小心的嘛，我還以為需要我提醒一下呢。」

「王大哥，這你就不知道了吧？」賈似道笑著說，「這差一個零的話，可就是十倍價格的出入，由不得我不小心啊。」

「知道是知道，但會不會在填完之後認真地去數一遍，就需要看人了。」王彪沒好氣地瞥了眼賈似道，說道：「每年的翡翠公盤上，可不乏在投注的時候，因為數錯了零，而導致開盤之後再去找主辦方請求修改的人。那些填少了的，自然是與自己看中的翡翠原石失之交臂了。而那些填多的，才叫一個麻煩呢。有時候，要是貨主堅持，而主辦方威信不夠的話，就勢必需要支付十倍的錢了。」

「十倍的錢，一定需要支付嗎？」李詩韻聞言，不由得詫異地問了一句。

「不支付也可以啊，你可以撤標嘛。」王彪樂呵呵地一笑。

「撤標？」李詩韻先是一愣，隨即卻明白過來：「撤標，可是需要支付投標金額十倍的違約金的。」要是多填了一個零，也就相當於送了貨主這麼一筆鉅款。難怪眼前這些翡翠商人，都身家幾百萬、上千萬，乃至上億了，還會在這裏

「數數玩」呢！

賈似道看了看手中的單子，確定無誤之後，心裏琢磨著，這樣一個價位，就目前的情況而言，應該足以拿到最高價位了吧？

只不過，就在賈似道一人上去投單子的時候，忽然，場地上就有不少人的眼神開始停留在他身上，讓賈似道的心跳在一瞬間就突然加快起來。乃至賈似道最終走到主席台邊上的時候，還有點愣神。

長長地吸了一口氣，賈似道才回過神來，正要乾脆地把單子給放進那個投標的箱子，卻感覺到拿單子的手竟微微有了一絲顫抖。好在，那個箱子的開口處空間比較大。估計是主辦方已經預料到前來投注的人一定心情緊張了，所以才弄了這麼大個的開口？

投標完成之後，賈似道就匆匆轉了個身，快步回到王彪幾人的身邊，這才舒了一口氣，整個人感覺輕鬆了不少。而一回想起剛才那一瞬間的感覺，心裏依然會覺得壓抑。

只不過賈似道此刻沒有注意到，場地中還有一個人，比他還要壓抑和緊張。從先前賈似道在暗標那邊的表現，直到剛才那一刻投注為止，賈似道在明標這邊所做出來的袖手旁觀姿態，都讓楊泉以為賈似道對明標區域的競爭已經放手了。誰也沒料到，這個時候，他突然出擊了，這無疑打了他們一個措手不及！

原本對於眼前這塊玻璃種藍翡翠勢在必得的心態，因為賈似道的插手，而變得撲朔迷離起來。

「小泉君，難道我們的資訊管道，出了什麼差錯？」楊泉身邊的井上看到如此景象之後，也有點擔心地問了一句。僅僅就眼前這塊玻璃種藍翡翠的價值而言，井上自然很清楚，光是賈似道在地下賭場贏的那部分資金，就完全足夠了！

「井上君，我想，應該是賈先生準備幫助劉先生一把吧。」楊泉思索了一陣子後，才小心地回答道：「畢竟，以他們兩個的關係，賈先生這樣的舉措還是比較合理的。只是，因為賈先生的突然插手，我們原先商定的底價，就勢必需要再做一些改動了！」

「嗯，就交給你來處理了。」井上看了看身邊的女子，嘴角微微一笑，然後一臉嚴肅地對著楊泉說道：「必須要在我們承受的價格範圍內，拿下這塊玻璃種藍翡翠！」

否則，對於井上、楊泉一行人來說，不光會失去眼前這塊玻璃種藍翡翠，就是賈似道手裏那一塊品質更高一些的藍水翡翠，恐怕在翡翠公盤過後，在和劉宇飛的交易上也會多一番波折吧？

而另外一邊的劉宇飛，在看到賈似道的投標之後，先是一愣。但是，很快的，眼神中那一絲欣喜的神采，卻是一閃而逝！

因為對賈似道性格的知根知底，劉宇飛自然很快就明白了賈似道的意圖，尤其看到賈似道和王彪兩個人，這會兒站在那邊談笑風生的模樣，偶爾還會向這邊遞過來一個笑意的眼神，劉宇飛不禁就朝著賈似道兩個人會心地一笑！

不消片刻，就可以看到，除去其他一些競爭者還在陸續向主席台投注單子之外，楊泉也終於耐不住性子，開始了投標！儘管楊泉的臉上，努力裝作一副淡定的神情，但劉宇飛卻可以清晰地感受到對方內心的緊張。

看到楊泉裝著淡定的模樣上前投注下單之後，賈似道和王彪商量了一下，說道：「王大哥，你看，我們是不是應該再來一次？」

「小賈，這回就讓老姐我去吧。」李詩韻聽到賈似道的話之後，很快就把原本關注著其他人投注的注意力，轉移到了賈似道的身上：「我長這麼大，還沒有參加過這麼激烈的競標呢。」

「呵呵，好啊。」賈似道沒有回答。邊上的王彪，就點頭肯定了一句：「小李去投也是個不錯的選擇。要不，我們就做好四次投標的打算？」

「嗯，這倒是個不錯的建議。」賈似道轉眼看到紀嫣然那淡定的神情，也頗有一絲意動，他便很快答應了下來，說道：「這第二次的投單，就由李姐去好了。另外第三次，王大哥，您看是不是……」

「呵呵，第三次自然是由紀小姐去了。」王彪一笑，明白了賈似道的意思，說道：「反正這第四次，還需要看一會兒的情況來定。你老哥我，對於這些投標的事情，也算經歷得不少了，就不和你們這些年輕人爭了。」說著，王彪的眼神還在賈似道和靚女之間來回轉悠著。

一時間，倒是讓賈似道的臉上頗有些尷尬！

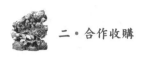

好在這時候，李詩韻在王彪的示意下開始填單子，用的責任人的標號，卻依舊是賈似道證件上的號碼。賈似道看到上面寫了七百萬的價格，而在寫完之後，李詩韻也很負責任地數了數上面的零。隨後，才嫣然一笑，向主席台那邊走去。

「不是吧？」看到李詩韻的身影，最先反應過來的自然是劉宇飛了，當即就對著賈似道露出了一個驚訝的神情。反倒是賈似道的表情，顯得有些淡淡的，一切盡在掌握中的感覺！

尤其是瞥了一眼，看到楊泉也驚訝地看向了自己，賈似道的這種感覺，就更加強烈了。遠遠要比前去投單子來得更加刺激，也更加滿足！

「小泉君，看來，賈先生那邊表現得很淡然啊！」井上對楊泉不輕不重地說了一句。

「是的！」楊泉只能苦澀地點了點頭。

賈似道表現得越是放鬆，給楊泉幾人的壓力也就越大！

劉宇飛的臉上，開始慢慢洋溢出一種怪異的笑容，似乎是看穿了賈似道的目的一樣！

很快，在賈似道等人的預料中，楊泉繼李詩韻之後，也開始了第二次投注！唯一讓賈似道有點鬱悶的，就是下單子的時候是不知道互相之間的價格的。也就是說，別看你投注了三次、四次，那都是你自己跟自己較勁，或者就是做給別人看，給競爭對手壓力而已。

所以，哪怕賈似道等人在形勢上掌握了主動。但是，真的想要拿下這塊玻璃種藍翡翠，勢必還需要出到自己心中的最高價位！

「小賈！」李詩韻走回到賈似道身邊，整個人似乎沒有了先前準備去投注時的那份淡定了。賈似道善意地笑了笑，握了握她的手，明顯感覺到李詩韻的手心裏還有著不少的汗！

當空的太陽已經開始西墜，空氣中的灼熱也有了一些消散，但卻絲毫沒有減弱整個翡翠公盤上商人們的熱情！

或許為了佔據主動，也是較勁，這時候，紀嫣然的單子還沒有開始填，那邊的楊泉再度走向了主席台！

「嘩——」的一聲，人群中，有人發出了驚歎！

到了這個時候，劉宇飛也耐不住性子，開始了第二次出手！這種你來我往的對戰，讓其他不少翡翠商人都紛紛搖頭不已！

「王大哥，怎麼辦？」賈似道看到楊泉在往回走的時候，那刻意瞥過來的一絲得意眼神，不禁有點開始擔心了。

「呵呵，別在意。」王彪倒是笑呵呵的，依舊表現得很輕鬆，說道：「他這麼做，要麼是剛才下了狠心，加了不少價格。另外，也很有可能，僅僅是加了一點點的價格，想要讓我們自亂陣腳。從而在我們和劉宇飛之間渾水摸魚！」

「嗯，另外的一種可能，就是想要讓我們不斷出高價，讓我們在以後其他標號的翡翠明料中，沒有過多的競爭力！」紀嫣然突然在邊上說了一句。

賈似道有點詫異地看了看她，心想，若沒有楊泉和劉宇飛之間的矛盾的話，紀嫣然解釋的情況，倒是最有可能發生的！但是，楊泉對於這塊玻璃種藍翡翠，是志在必得，他會這麼做嗎？

賈似道很有深意地看了楊泉一眼，對方，很適宜地回敬了一個挑釁的眼神。賈似道不由得微微有些錯愕。很難想像，楊泉這般平時表現得溫文爾雅、謙虛謹慎的商人，在競標的時候，會表現得如此猙獰！

「王大哥，我們踩到他們的痛處了。」賈似道的嘴角忽然露出了一絲愜意的微笑，說道：「我看，不如這樣。我們第三次，就直接出到最高價好了。畢竟現在的時間也不多了。」

「嗯，紀小姐，就看你的了。」王彪說話間，淡淡地看了紀嫣然一眼，投以一個鼓勵的眼神。畢竟，這三投，變成最後一投，給投標人所造成的壓力，也是可想而知的。好在紀嫣然一貫冷淡的態度，讓大家內心裏對她多了不少信心！

賈似道甚至還有閒情琢磨著，要是紀嫣然能一直保持這個態度的話，那她或許還真是天生就適合站出來競標的人呢！誰要是想要從她的臉上看出點什麼特別的表情來，可著實是件不太容易的事情。

在紀嫣然填好了七百五十萬的價格，走向主席台之後，李詩韻悄無聲息地站到了賈似道身邊，並且還挨得很近！

她的眼神中流露出對紀嫣然的擔心，賈似道剛剛可是對紀嫣然的背影著迷了一下，他以為李詩韻看出什麼了，所以內心有些心虛。

「小賈，恐怕嫣然的心中，此刻也是很緊張的吧。」李詩韻說著，還很溫馨地攥住了賈似道的手，說道：「剛才我去投注的時候，都感覺到自己的心都快跳出嗓子眼了呢。」

「呃，不是吧？」賈似道莞爾地看了看李詩韻。

「什麼不是吧。」李詩韻沒好氣地白了賈似道一眼，心情也似乎放鬆了不少，努了努嘴，才說道：「我可是說真的。那麼多人看著，還要去投注，比一般宴會上的眾人關注，要緊張多了。」

「那是你。」隨著說話的進行，賈似道的心情也越來越坦然：「我剛才去投注的時候，可沒有表現得像你這麼緊張。所以……」

「所以，你覺得嫣然也不會太過緊張對不對？」李詩韻倒是一口就說出了賈似道心中的想法，似乎是覺得這樣的想法很好笑一樣，李詩韻的臉上，反而充滿了笑意：「其實，那是因為你不瞭解嫣然，所以，你才會有這樣的想法的。」

「哦，那嫣然在你的瞭解中，是什麼樣的性格？」賈似道很好奇，「難道不是一貫表現出來的待人冷漠，拒人於千里之外嗎？」

「你才拒人於千里之外呢。」李詩韻攥著賈似道的手，輕輕地推搡了一下，還剜了賈似道一眼：「其實，嫣然也有自己的無奈，像她這樣貌美的女人……」或許是覺得和賈似道討論這個話題有些不大對勁，李詩韻有點曖昧地看了賈似道一眼，問了一句：「小賈，你該不是有什麼特別的想法吧？」

「呃，沒有，沒有。」賈似道一邊答話，一邊搖頭：「我怎麼可能會有什麼特別的想法呢。」

「真的沒有？」李詩韻詢問的聲音，似乎一下子重了不少，不過，賈似道那裝模作樣的神態，卻讓李詩韻有點來氣，不禁撇過頭，乾脆也不再解釋紀嫣然為什麼待人冷漠的原因了。

一時間，兩個人之間的氛圍似乎變得有點怪異。

第三章

翡翠聖地

賈似道心裏頗有些感觸。
揭陽地區，成為國內的翡翠聖地，真是名不虛傳。
陽美的翡翠公盤是國內翡翠公盤的風向標，
陽美村的那些翡翠大行家，就更不用說了。
即便在這麼一個郊區小屋，遇到的一群老人，
竟然也與翡翠原石有關！

「小賈，你真的不準備趁這時候，去和小劉交代一聲？」王彪一直關注著紀嫣然那邊，待到回過神來看到賈似道和李詩韻的時候，不禁出言提醒了一句。

「王大哥，我想還是不用了。」賈似道說道，「反正，看劉兄現在的樣子，應該是對自己的第二次投注價格比較有把握，我們就直接等著開盤結果好了。」

說話間，紀嫣然已經回到了幾人的身邊。看她臉上的神情，的確沒有什麼太大的變化，但是，經過李詩韻的解釋之後，賈似道再看紀嫣然的時候，不禁就多留了個心眼，這麼一看，倒是真被他發現了一些端倪！

他發現紀嫣然走回來的時候，腳步確實比之前輕快了許多。

看到紀嫣然那故意流露出來的如釋重負的模樣，賈似道還是開口詢問了一聲：「怎麼樣？還好吧？」

不管怎麼說，人家一個女人，去投注了最後一次的七百五十萬單子。這麼大的壓力，絲毫不比賈似道所投的第一張單子來得輕鬆！適當地關心一下，還是必要的。

紀嫣然先看了看賈似道身邊的李詩韻，隨後才給了賈似道一個笑容。

一時間，倒讓賈似道覺得自己有點受寵若驚的感覺了。

而楊泉和劉宇飛，似乎都對自己所投注的價格充滿了信心。直到主席台上的司儀，連著喊了好幾聲，再沒有什麼人在這時繼續投標了。很快的，主席台上的工作人員，就把投標箱裏的單子給統計了出來。

看到司儀即將要宣佈最終的結果，不少人都屏住了自己的呼吸！

賈似道也是暫時忘記了身邊的李詩韻、紀嫣然這兩個美麗的女子，連帶著王彪這樣翡翠行的大商家，也是眼睛一眨不眨地盯著主席台上看。

或許是因為注意力太過集中，又或者賈似道對於自己證件上的標號還不太熟悉！當司儀把手中的結果宣佈之後，賈似道也依然不是很肯定，究竟是誰獲得了最終的勝利。直到看到自己證件上的號碼，出現在主席台後方的螢幕上，賈似道才後知後覺地感受到了內心忽然湧現出來的喜悅！

李詩韻和紀嫣然對視了一眼，還很愜意地互相擊掌，以示慶賀！

到了這個時候，賈似道才有心情去注意其他人的神情變化！王彪臉上的輕鬆寫意，劉宇飛的神色微微錯愕和看向賈似道時那種莫名的輕鬆，楊泉臉上扭曲的表情……

一瞬間，賈似道感覺到，此時整個翡翠公盤的場地上，在這一刻，顯得非常靜謐。

接下來的時間，因為劉宇飛還需要繼續投標，所以在和賈似道對視了一眼，表示恭喜之後，就繼續他的戰鬥！

反而是王彪，在這個時候，明顯地有些心不在焉。

此時整個翡翠公盤的場地上，到處充滿了戲劇性的表情。有新手對翡翠行情的一路走高表現得歡欣雀躍；也有不少翡翠行家，臉上流露出惋惜和不甘。

看到賈似道、李詩韻、紀嫣然三人站在邊上，表情上還算頗為冷靜，王彪下意識地點了點頭，再看劉芳一眼，她倒是一副怡然自得的模樣，心情愉悅地看著別人的熱鬧。王彪心裏苦笑，遂走到賈似道三人的邊上，問道：「小賈，在翡翠公盤結束之後，你有什麼打算？」

「打算？」賈似道一愣，他還真沒想過：「我恐怕還需要在這邊留一兩天，至少也要和劉兄聚一聚，順便……」說著，賈似道的眼神示意了一下楊泉那邊。

王彪點頭表示理解，轉而就看向李詩韻和紀嫣然！

「我這一趟出來的時間也已經比較長了。」李詩韻說著，還特意注意了一下賈似道的神情變化，見到賈似道神情淡然之後，臉色微微有點黯淡，接著說：「而且，翡翠公盤這邊一結束，我再留下來也沒有什麼事情，我想，這邊的公盤結束，領到那些中標翡翠原石，我就要趕回杭州去了。」

「嗯，我也跟著詩韻一起走好了。」紀嫣然淡淡地說了一句。要不是李詩韻決定和賈似道分開行動的話，恐怕紀嫣然也不會如此淡定地說出這麼一句吧？

「對了，小賈，我給你提過的那筆生意，你多留個心！」王彪正對紀嫣然和李詩韻點了點頭呢，看到邊上的賈似道，不禁心裏一動，說了一句：「那個料子，既然你都已經有了，還是儘快找個手藝精湛的師傅，把東西做出來吧。」

李詩韻聞言，眼神中雖有疑惑，卻也沒有問出來。紀嫣然自然更不會多問。

「沒問題。」賈似道拍了拍胸口，打包票地說：「不過，王大哥，對方沒有什麼別的要求了吧？而且，這所謂技藝精湛的師傅，您有什麼好的人選建議？」

「呵呵，你不是還要留在這邊兩天嘛，到時候就去找小劉商量一下。」王彪倒是樂得撒手不管了，「要是實在沒辦法，你再打電話給我。我可以專門派個師傅過來幫你，手工費就看你自己搞定了。或者，乾脆你把料子給帶到我那邊去也成……就是有點遠了。」

「揭陽似乎也不近啊。」賈似道聽王彪說得有趣，不禁小聲嘀咕了一句。

一時間，四個人都愉悅地笑了笑！王彪還嗔怪了一句：「你小子！」

雖然，看王彪的神情，似乎是還有什麼話想要問一樣，但是最終，王彪還是沒有問出口。賈似道琢磨，可能是看到翡翠公盤上這些漲瘋了的翡翠明料之後，王彪又動了想要從賈似道的手裏，收一點翡翠明料的心思了？

不過，有了這一次翡翠公盤的經歷，賈似道在往後出手自己手中翡翠料子的時候，勢必有更大的底氣了。在價格上，無疑會更高一些。

這樣一來，即便不能很快地出手，放在手中，壓貨壓個三五年，對於賈似道來說，也不是什麼大不了的事情。雖然現在賈似道用到錢的地方還不少，但是，只要不去觸碰頂級的古玩收藏，以賈似道現在這種小打小鬧的態度，說句不誇張的話，哪怕就是兩三年內沒有任何資金進賬，也足夠賈似道揮霍的！

「對了，王大哥，你這次也準備直接回北方？」賈似道見到自己這邊的三人都有打算，王彪這個最先詢問的人還沒有說，不禁好奇地問了一句。

「是啊！」王彪應答著，還歎了口氣，說道：「不過，可能的話，還是會先去一趟廈門。」說話間，王彪看了一眼劉芳。有些事情不必要全部點透，大家只要心裏意會就成了：「小賈，你這麼一問，我倒是想起來了，你該不是準備在翡翠公盤結束後，還想著要去看貨吧？」

說到這裏，王彪似乎來了興致，不禁眉毛一揚，接著說道：「我可告訴你，一般你自己上門去看貨的話，遇到的翡翠原石，十有八九都不是好的翡翠原石，甚至還有可能會出現用普通石頭假冒的。但是，有線人帶領的話，卻可以放心很多！所以，要是你真需要的話，我倒是不介意介紹幾個揭陽地區的線人給你。」

「真的？」賈似道露出一副玩味的眼神，看向王彪。他可不覺得，以王彪的精明會如此慷慨！要是賈似道和王彪一道，那也就算了，權當是讓賈似道沾點光。但是，賈似道一個人去的話，從商人的角度，那就是搶了王彪的門路。

兩個人之間情誼歸情誼，王彪可不會這麼傻！

果然，就在賈似道剛問出口的時候，王彪就一副了然的神色，說道：「當然，你想要我幫你介紹幾個，我就可以幫你介紹幾個。」隨即，卻神色一變，嘴角微微一翹，說道：「不過，你也知道，聯繫這些線人可不容易。我總不能白介紹給你吧？名額嘛，就算是抵上回我輸給你的客戶名額。怎麼樣？有興趣不？」

「不幹。」賈似道想也不想，就直接回絕了。

「呵呵，隨便你哦。」王彪自然也沒存著想要用幾個線人，就償還上次輸給賈似道的賭注，聞言也不著惱，說道：「不過，說句老實話，我最初也沒想到，這次翡翠公盤上翡翠原石價格會這麼高。要是能事先預料到的話，恐怕在平洲那會兒，我就不會急著切石了。」

「王大哥的意思，是準備在翡翠毛料市場多收一些中檔翡翠原石？」雖然心裏明白，即便那幾塊翡翠原石，王彪不切開來，而是帶回到北方，也依舊沒什麼切漲的可能，畢竟翡翠原石是死的，總不至於換了地方切石，內部情況就有所好轉吧？他說：「要是有如此打算的話，正好，這兩天還能帶我一道去看看呢。」

「你想得美呢。」王彪沒好氣地惱了一句，「即便是揭陽，或者平洲，要是想要賭一些好的翡翠原石，最終還是要去緬甸那邊，找點其他門路弄貨才行。」

賈似道聞言，不由得眼睛一亮！

當下，賈似道心裏琢磨了一陣子，也不客套，商量著說：「那王大哥，不如，明年我們一起去緬甸走一遭？」

在賈似道詢問出這句話之後，趁機也向王彪這樣翡翠行業內的大商人，瞭解了一下關於緬甸境內的翡翠毛料的行情。雖然，事先在網路上，賈似道就關注過不少這方面的資料，但是，網路畢竟是網路，和王彪這樣親身實地去緬甸進過貨的商人比起來，難免會出現很多紕漏，甚至是差錯！

因此，這個時候請教一下王彪，就顯得很有必要了。

好在王彪在這一點上，也沒有什麼矜持，很直接就和賈似道三人說了起來。邊上的翡翠商人們，無不在激烈的競爭著明標區域的翡翠明料，而賈似道三人卻好奇地聆聽著王彪的講解。

一般來說，在每年春夏之交的時候，在緬甸境內都會舉行多次翡翠公盤。比較出名的，自然就是仰光等地的大型翡翠公盤了。到那個時候，幾乎世界各地的翡翠商人們，都會蜂擁著前往，就好比是一年一次翡翠行業的盛會一樣。

而緬甸境內的翡翠公盤舉辦的方式，和現在賈似道參與的揭陽地區翡翠公盤也有所不同。緬甸那邊的翡翠公盤，都是由緬甸政府出面主持的。這些公盤上，可不僅僅有翡翠原石，還有很多珠寶和寶石參與競拍！只不過是因為其中最出名的是翡翠，在很多人眼裏，也就成了翡翠公盤！

隨著近幾年來，翡翠礦石的開採公司大多數都採取了機械挖掘，所以礦石的挖掘速度也就快了許多。緬甸政府見到這中間有利可圖，於是又增加了每年翡翠公盤的次數。要知道，就緬甸這麼一個國家而言，翡翠公盤上所獲取的利潤，可是他們政府創收的一個重要途徑！

相應的，緬甸軍方已經嚴令禁止翡翠毛料的走私了。一旦被追查到，不但人會被抓捕起來，就連走私的翡翠也會被全部沒收，輕則入獄，重則處死。以至於緬甸邊境線上，原先那些熱鬧的區域裏，翡翠毛料的流出變得越來越困難！

不過，除去翡翠毛料之外，其他寶石類的東西，緬甸軍方倒是在禁止的力度上稍微弱一些。比如，緬甸是紅寶石的重要產地之一，緬甸出產的鴿血紅寶石，就是世界上最好的紅寶石之一。相比起翡翠的冷豔而言，紅寶石的紅豔，卻顯得要富態很多。

聽得邊上的三個女人，此時倒是頗有點蠢蠢欲動的感覺了！

不過，要去緬甸的話，在管道上比較麻煩是一個方面，另外，也不太安全。賈似道再怎麼不清楚，肯定也知道，遠近聞名的金三角地區，可就是在緬甸那一片！那地方，是各種勢力的交匯地區，加上金三角背後龐大的黑幫群體，一般的人想要去緬甸淘金，還真需要多帶幾分膽氣！

可能是說到了這些黑暗部分，三個女人原本蠢蠢欲動的情緒，一時間又變得有些躊躇起來。

王彪不禁心裏一樂，和賈似道對視了一眼，分明可以看到兩個男人之間的那種惺惺相惜的感歎：女人吶！

不過，在王彪的話匣子打開之後，談話中所涉及的內容也越來越廣了，不再局限於緬甸的翡翠原石。風土人情，緬甸華人的一些傳奇故事等等，都被賈似道幾個人從王彪口中給挖掘了出來。對於賈似道幾人而言，這絕對是一次難得的積累知識的機會，同時也是聽覺上的享受！遠要比在邊上看其他翡翠商人們激烈角逐著翡翠明料，要有意義多了。

隨後，一行人也都有了明年春後一起去緬甸走一遭的打算，當然，就看明年的具體情況了。

因為揭陽翡翠公盤是三天的時間，待到下午結束的時候，明標區域的競標依然沒有全部進行完。

那些大老闆們，終於在第一天、第二天的等待中，耗光了所有耐性，在第三天的最後時刻之前，開始了瘋狂的搶購！而且，用「大老闆」這樣的稱呼，似乎都不足以表示他們資金的龐大。在賈似道看來，這些人壓根兒就是進來砸錢的！

待到近中午的時候，賈似道才注意到楊泉一行人，頗有點姍姍來遲的架勢，而郝董和董經理也陸續到來。到了這時，整個翡翠公盤上的翡翠原石，除去一些流標的，基本上都競拍完畢了。而楊泉這些人自然是算準了時間過來的。

之後，就是大家各自付款取貨了！

中標的人，自然表現得興高采烈。要是一塊也沒投中的，則是黯然離場，準備去其他地方轉轉，又或者乾脆等到明年再來。賈似道、李詩韻、紀嫣然，跟著王彪一起，提取到所有中標的貨物之後，當即聯繫了物流公司，把這些翡翠原石，全部都打包起來運送到各自的地址。

各自填好寄運的單子，賈似道這才鬆了一口氣。

賈似道琢磨著，自己在揭陽地區，最多也就是再待上兩天的時間，等到趕回去的時候，應該還來得及收貨！畢竟，物流公司的運送，比起賈似道單獨的行程，還是需要消耗更多時間的。

「怎麼，你不是在這邊還要待幾天嘛，不準備先切開幾塊來，看看手氣？」王彪看到賈似道的舉動，打趣了一句。

「是啊，小賈，你要是下午就切石的話，我和你王大哥就再多留幾個小時，晚點再去廈門那邊。」王彪身邊的劉芳，也如此說道。

「我看，我還是不打攪你們兩位了吧。」賈似道苦笑著搖頭。在這樣分別的時候，王彪兩個人竟然還有心情打趣他。

分別在即，賈似道看了看李詩韻和紀嫣然，那輕鬆的臉上，雖然還有一絲分別之前的那種優柔，但是整個人的精神狀態卻沒有過多的變化！賈似道暗自嘀咕一句：看來，還是自己著相了啊！

隨後，他和王彪商量了一下，那塊七百五十萬賭回來的玻璃種藍翡翠，還是暫時先交給王彪來保管，另外順帶找個師傅先把其中那面還有著不少雜質的地方，給全部剔除掉。然後，再看看是整塊雕刻好，還是切成手鐲來出售，這就需要到時候再商量一下了！

待到一行人，把貨物都裝得差不多了，劉宇飛也匆忙趕了過來。他的翡翠明料競拍的也不少，不過，少了物流公司的操作，劉宇飛收到這些翡翠的時間，應該會比眾人早很多。

「都辦妥了？」劉宇飛先問了賈似道一句，隨後，也和王彪幾人道別。

「嗯！」賈似道點了點頭。看劉宇飛的樣子，也能知道，他那些中標的貨，肯定都托人給運送到家裏去了。現在是下午，天色尚早，王彪和劉芳也就不再留下來客套了，告別了一聲，就坐上計程車離開了。

李詩韻和紀嫣然對視了一眼，自然也緊跟著離去。

賈似道歎了口氣，還沒怎麼說話呢，劉宇飛倒是先問了一句：「怎麼，捨不得啊？捨不得的話，就跟著一起走啊！楊泉那邊，我一個人就能應付過來。」

「去你的。」賈似道沒好氣地道，「整天就知道瞎想！我留下來，可不是專門去看你和楊泉是怎麼交易的。你們那點交易的門道啊，我壓根兒沒興趣。」

「喂，我這可不是瞎想好不好。」劉宇飛憤憤不平地解釋了一句，「走吧，先去我家。老爺子還想見見你呢……」說著，劉宇飛就拉著賈似道，朝他停車的地方走去。

「不過，說真的，你難道真的就對我們的交易沒興趣？那你留下來做什麼？哦，我明白了。」說著，劉宇飛還故意拖長了聲音，一副我算是看明白你了的模樣，嘴角流露出淡淡的笑意，說道：「是不是因為李詩韻和紀嫣然兩個人要一道走，你怕中途不好下手啊？為了避免尷尬，就乾脆留下來了？」

「滾！」賈似道沒好氣地罵了一句。

不過，賈似道倒是情不自禁地就開始順著劉宇飛的話頭，一點點地開始遐想起來。似乎那一絲曖昧的語氣中，在腦海裏呈現出一抹淡淡的緋色……

「你小子的動作倒是挺快的，就這麼點時間，就把一切都給準備好了。」賈似道坐進車廂裏，依然還有點沒緩過神來。直到「啪」的一聲，劉宇飛關了車門，才算是恢復了正常。

「我這叫什麼快啊。」劉宇飛發動車，開向了揭陽市區，嘴裏說：「楊泉那邊，那才叫一個『快』呢。」

「哦，怎麼說？」賈似道好奇地問了一句，「該不是，他這會兒已經到你家了吧？」

「那倒還不至於。」劉宇飛一邊開車，一邊說道：「不過，他剛才已經打過電話給我了，說晚上就進行交易。這日本人做事的效率，的確是高啊……嘿嘿，小賈，說到這裏，我還真的要謝謝你。要不是你在翡翠公盤上拿下了那塊藍水翡翠，估計這會兒，就是我先耐不住性子去找楊泉了。這麼一來，我可就慘嘍……不過，現在嘛，嘿嘿，聽他那在電話裏小心翼翼的語氣，我心裏就痛快啊！」

「我這是既幫了你，又幫了我自己，何樂而不為呢？」賈似道淡淡一笑。說起來，在交易中，劉宇飛佔優勢，對賈似道而言還真是比較有利的！畢竟，劉宇飛和楊泉所需要交易的其中一塊玻璃種藍翡翠，可是賈似道所擁有的呢！現在以市場價轉讓給劉宇飛，要是劉宇飛獲利較多的話，總要給賈似道一點好處吧？

很快，兩個人就到了揭陽市區。不過，賈似道注意了一下車窗外的街道，似乎並不是去往原先賈似道所去過的劉宇飛別墅的路，不禁好奇地問了一句：「不先去別墅那邊？」

「嗯，直接去我老家。」劉宇飛大大咧咧地說，「你沒什麼意見吧？」

「沒有。」賈似道無語，「不過，難道我就這樣空著手去看望老人家？」

「那有什麼關係。」劉宇飛表現得很大方，一邊開車，一邊還下意識地揮了一下右手：「我家老爺子最不喜歡的就是那些繁文縟節了。反倒是你這麼空著手去，還能討他老人家的歡心呢。再說了，我們去那邊，也就是和老爺子問個好，吃頓飯，然後，我再帶你去找幾個揭陽這邊手藝比較好的師傅，看看他們最近一陣子誰比較有空……你不是想找個技術好的師傅嘛，我們這邊的人都比較戀家，尤其是技術好的那些雕刻師傅，一個個脾氣怪起來也和他們的手藝一樣。以我的面子，還是請不動那些師傅去臨海的。不過，有我家老爺子點頭，估計問題就不大了。」

劉宇飛的車在顛簸了一陣之後，終於停到了一幢老房子邊上。

「這可是我爺爺從小就住的房子。」下車之後，劉宇飛拍了拍賈似道的肩膀說：「唉，老人家年紀大了，不習慣市區裏的那些新房，一個人住到了這邊來。好在這地方，也挺寬敞的不是？」

賈似道點了點頭，這景象倒是和他自己的老家有些相似。

當然，賈似道今天前來拜訪，是以劉宇飛朋友的身分過來看老人家的。畢竟，劉宇飛是用賈似道那塊玻璃種藍翡翠，來換取給老爺子的壽禮：墨玉壽星！要是劉宇飛不帶賈似道來拜訪老爺子一回，也實在是有點說不過去。賈似道自然也不會推脫。

心裏正琢磨著，劉宇飛就拉著賈似道，一起走進眼前這排房子最中間的那一戶。那扇木門原本就是敞開的，也不用敲門。兩個人還沒邁進去，就聽到了裏面隱隱傳出爭執的聲音。

劉宇飛看了一眼賈似道，哈哈一笑，說道：「小賈，不要奇怪，你是不知道我爺爺的脾性。雖然住到這偏僻的郊區來，但是，對於賭石一行，他老人家還是比較關注的。這不，不用進去，我就能知道，裏面肯定是一些我爺爺的朋友們，正在爭執著各自對翡翠原石的看法呢！」

果然，就在賈似道和劉宇飛走進屋子後，就看到有一群老人，正圍在一張小方桌上在爭執著什麼。

而賈似道兩個人的到來，根本就沒有引起那幾位老人家的注意。直到其中的一位，在爭執中下意識地轉頭時，才發現劉宇飛和賈似道，不覺眼睛一亮，笑呵呵開口說道：「小劉，你來得正好。快點兒過來看看，這塊翡翠原石怎麼樣？」

「啊，小劉，你來了啊？」其中一位鬍子有些花白的老人，見到劉宇飛也是分外高興：「來來來，幫我們幾個老傢伙看一下這塊石頭究竟怎麼樣。呵呵，你爺爺出門了，暫時還沒回來。這不，我們幾個老傢伙，就先爭起來了！你小子，年紀不大，不過眼力還是頗有幾分老劉真傳的。來，給我們說說！」

「看來，我還真是趕上了！」劉宇飛一改先前那般鎮定的模樣，快走幾步，到了眾人圍著的方桌上，察看起翡翠原石來。而賈似道，自然也跟著劉宇飛步子湊了上前，賈似道可以看到，那老頭手裏的翡翠原石，只有小孩的拳頭般大小，黃褐色的外表皮。

多打量了幾眼，賈似道發現這塊原石外面的結晶體還算比較細膩。看劉宇飛從那老頭子手裏很輕鬆接手過來的模樣，他估計整塊翡翠原石的重量應該在三四公斤左右！

屋裏的這群老頭一共五個人，在看見劉宇飛把玩手裏翡翠原石時，也不再爭吵了，一個個睜大了眼睛，等待著劉宇飛的察看結果。這時，其中一位矮個子鬍子花白的老者似乎注意到了賈似道對翡翠原石的注目，一臉和善地對著賈似道問了一句：「這位小兄弟，看著挺眼生。莫非也是玩賭石一行的？」

「我也算是玩賭石一行的吧。」賈似道微微愣了一下，隨即就指了指劉宇飛說道：「我和他一道剛從翡翠公盤那邊回來！」

「呵呵，好，好，好。」老人樂呵呵地一連贊了三個「好」字。

「看來，小兄弟還是個生意人啊。」老者也不客套，對賈似道說：「不如你也來幫忙看看，說說？」即便不用賈似道猜測，他也能明白，這些老頭肯定是退了休，閑著沒事幹，加上挨著揭陽地區，所以就玩點翡翠原石自娛自樂。

「還是讓劉兄來說吧。」賈似道思索了一下說，「在察看翡翠原石的眼力上，我和劉兄比起來，只能算是個新手。」

「呵呵，沒事，我們幾個老傢伙，也就是說說而已。」老者倒是能明白賈似道的心情，畢竟，劉宇飛在翡翠一行的造詣，很明顯有著家族的傳承功底。要不然，老者也不會在一開始就誇讚劉宇飛的眼力，至於賈似道的話，在老者看來，自然是一種謙虛的表現。

老者很輕鬆地說道：「新手嘛，那就更加要多看一些翡翠原石了。而且，你還年輕，學起東西來也快。我年輕的時候……」

「行了，老李，你年輕時候那點破事，就不用在這裏一而再再而三地炫耀了！」邊上的一位相對來說稍微年輕的老者，對著賈似道笑笑，說道：「小兄弟，怎麼稱呼？別理會這個老傢伙，他呀，每遇到一個人，都要吹噓一下他年輕時候的那點破事。不就是賭漲了一塊石頭嘛，有什麼好吹噓的。」

那不以為然的語氣，倒是讓人莞爾！

「我叫賈似道，是劉宇飛的朋友。」賈似道正式地介紹了一下自己，「喊我小賈就好了。」

幾位老者，自然也不會和賈似道客氣，相互介紹了一番。讓賈似道驚訝的是，這些老人所從事的行業，多少也和翡翠有點關係。就比如說最先和賈似道搭訕的老李，就是揭陽地區珠寶協會的人。

而後來給他拆台的那位姓方，更是從事翡翠成品雕刻的。

一時間，賈似道心裏頗有些感觸。這揭陽地區，能成為國內的翡翠聖地，還真是名不虛傳。陽美的翡翠公盤是國內翡翠公盤的風向標，陽美村的那些翡翠大行家，就更不用說了。即便在這麼一個郊區小屋，遇到的一群老人，竟然也與翡翠原石有關！也難怪，有了這樣的群眾基礎，揭陽地區的翡翠行業想不做大都不成！

正當賈似道心神天馬行空時，門口又進來了兩個人，一老一少。

第四章

劉老爺子的考驗

賈似道明白自己是躲不過這一關了，
說起來，他也需要給劉老爺子留一些好印象，
以劉老爺子在這個圈內的地位招牌，
要是自己贏得對方好感，
他以後的道路必然會輕鬆許多，
當然，沒有三分三哪敢上梁山。

「幾位，今天實在是不好意思。剛才有事出去了一會兒，讓你們久等了。」那位年長的人還沒走進門，就開口爽朗地說，還指了一下邊上的年輕人：「這位是小王，也是個新手，這不，手裏也有塊切開來的翡翠原石，我就帶他一道兒過來，大家幫忙一起看看。」

「呵呵，老劉，你回來得也不晚嘛！」老李笑呵呵地招呼一聲，「你看，你家的寶貝孫子，可是已經在幫你執行任務了。」

看老李說得有趣，大夥兒自然是笑著打招呼了。

賈似道心裏也頓時就明白過來，剛進來的這位老者，應該就是劉宇飛的爺爺了。看上去，老人有七十來歲，臉上、額頭的皺紋，和一般老年人一般無二，但是，那看人的眼神，卻顯得分外犀利！

在他的目光下，賈似道微微感覺到內心裏有點震撼！

雖然只是一瞬間的事情，但賈似道內心裏已經對老人升起了一股敬意。

劉老爺子在和眾人打過招呼之後，就站到了劉宇飛邊上，看到劉宇飛向自己問好一聲，就繼續認真察看翡翠原石的模樣，老爺子的臉上洋溢出一絲笑意，他下意識地微微頷首！

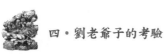

這種認真的態度，正是劉老爺子所希望看到的。這種態度，才是一個人，一個家族，能把生意做大的根本！

看到劉宇飛把手裏的翡翠原石察看得差不多了，劉老爺子並沒有立即詢問結果，而是對身邊跟著的年輕男子說：「小王，來，把你的翡翠原石拿出來，給大夥兒看看。難得今天這麼多人在，大家交流一下。」

劉老爺子身邊的年輕男子，臉上不由微微一紅，模樣看上去還有些靦腆。賈似道注意到，小王的年紀和他差不多，外表顯得很憨厚！

劉老爺子的話音剛落，他就利索地打開了原先掛在肩膀上的包，露出裏面所攜帶的一塊花布，翡翠原石顯然就在花布當中，他慢慢打開花布，露出了已經被切成兩半的翡翠原石。

劉老爺子可能事先就已經看過了，他很自然地對眾人示意了一下。邊上的幾個老頭子便紛紛探頭去察看起來。

其中的老李伸手拿起了其中稍小的半塊，而方老也不甘落後地拿起了另外半塊。看到兩個人人老心不老的表現，大夥兒笑開了，在一陣嬉罵聲中，爭前恐後地察看起來。這些老頭子，以老李和方老為中心，圍成了兩堆，展開了激烈的研討，幾乎就是之前賈似道剛進來時所看到的情景翻版。

若非親眼所見，很難想像，這般活力四射的情景會出現在一群老頭子之間！

「還真是貨真價實的翡翠原石啊。」

「的確，水頭比較好，透光性也很強。」

「還有，你們瞧這『種』，這麼細，應該是玻璃種的。嘖嘖……」說話的老者，那讚賞讓人心癢。

「難得的是，從這塊原石的切面上來看，基本沒什麼裂紋，唯一的缺點，就是這部分的翡翠中間出現了不少白棉，影響其在市場上的價值。」這是屬於專門挑刺型的。

「呵呵，不知道大家注意到沒有，這切面部分的翡翠雖然不錯，但是，就其切開來的刀工來看，還是差了很多。」賈似道注意到，說話的人是方老，真不愧為雕刻師傅，僅僅是看到一個翡翠原石的切面，就那麼一刀，也能琢磨出切割時候的手藝，之後方老忍不住輕輕責怪了一句：「唉，真是的，還是技術不過關啊。還好，運氣不錯。要不然，要是再偏上那麼一些，這麼一塊好好的翡翠原石，就要給切垮嘍。」那惋惜的神情，在此時一覽無遺！

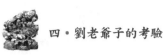

隨後，方老還意猶未盡地把手中的半塊翡翠原石遞給了邊上的老者，自己則去看老李手中的半塊，似乎想要印證一下自己對於切割者刀工的判斷。

賈似道不禁和正閑著無聊的劉宇飛對視了一眼。

劉宇飛的表情顯得很坦然，似乎對眼前這些老人的表現已經司空見慣了。

「那個，這塊翡翠原石的切割，是我自己切的。」站在邊上的小王，聽到方老的評述，臉色頓時有些尷尬，他不好意思地解釋了一句：「因為是第一次，所以……」

「哦，難怪！」方老聞言，露出了恍然大悟的表情。

對於一個初次進行翡翠原石切割的人，實在不能要求太多。比如賈似道在第一賭石的時候，就不敢親自下手，而是找周大叔幫忙切石。在賈似道想來，小王能有這般自己動手的勇氣，已經很出乎他的意料了。

「爺爺，既然你來了，不如，這兩塊翡翠原石都由您來給大夥兒說說吧？」看到眾位老人已經把翡翠原石都看得差不多了，劉宇飛很乾脆地把問題提了出來。對於這些老人們的心思，他實在太瞭解了。

不是劉宇飛不敢在這裏說，而是面對著這麼一群老年人，要說劉宇飛一點兒心理壓力都沒有的話，那也是不太可能的。

「我說，小飛，剛才這塊翡翠原石，你都看了這麼長時間，不如，就由你來說說吧。」老李沒有放過劉宇飛的意思，「至於你爺爺的眼力，哪還用我們去考驗啊？不要說是在我們幾個裏面了，就是在整個揭陽市，那也是一塊金字招牌。」

劉宇飛聞言，不由得一陣苦笑。

「呵呵，小飛，既然老李這麼有興致，不如，你就說說吧。」劉老爺子倒是爽快得很，說道：「包括小王的翡翠原石，你也可以幫著一道鑒定一下。」

「好吧，」劉宇飛抿了抿嘴，說道：「那我就恭敬不如從命了。」

說著，他拿過老李手中的半塊翡翠原石和另外的大半塊，用手中工具認真地察看一遍，才說道：「這塊翡翠原石表皮比較粗，皮色灰黃，部分區域還呈現灰白色；從切面來看，翡翠的水頭與種底都較為出色，翡翠的裂紋少，顏色為綠，或者滿綠夾著豔綠，屬於翡翠中的高翠品種，並且出現綠的地方含雜質少，雖然邊上還存在著不少破壞翡翠整體價值的白棉，但那是雕刻時師傅們所考慮的事情……」說到這裏，劉宇飛還有意無意地看了方老一眼。

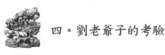

方老不禁微微一愣，說了一句：「臭小子，倒是把我給繞進去了。」

「呵呵，方爺爺，這不是說明，在我心裏，您的手藝工夫高嘛。」劉宇飛不聲不響地就拍了一記馬屁，方老的神色頓時就洋溢出一股濃郁的笑意，讓賈似道很懷疑，劉宇飛故意在解說時提到雕工，是否專門就是用來拍方老馬屁的，劉宇飛接著說道：「整塊翡翠原石，屬於翡翠市場上中檔偏上的水準，這樣的翡翠，近幾年的產量，已經是越來越少了。」說到這裏，劉宇飛才把小王的這兩個半塊翡翠原石，給重新放到了桌面上。

這所謂的產量越來越少，不言而喻，足以說明這翡翠原石的價值了。

「啪啪啪！」

邊上的幾個老者，聞言不禁拍了拍手，表示讚賞，而看向劉宇飛的眼神，也是頗為欣慰，就像是看著自己的親孫子一樣。至於劉老爺子，此時也是不置可否地點了點頭！劉宇飛不禁心裏就鬆了口氣。

不過，看到賈似道正站在邊上，一副事不關己、好整以暇的模樣，劉宇飛不禁心裏有點來氣。

都說是帶賈似道來見老爺子的，結果，正事還沒辦成，倒是自己先被幾個老人考驗了一回，不行，要給他找點事做，不能讓賈小子太輕鬆了。

此時，小王看著幾位老者，隨後看了一眼劉宇飛，似乎是想要詢問什麼，琢磨再三，還是提了出來：「那個，劉爺爺，既然這塊翡翠原石的表現還不錯，那麼，它的價值是多少啊？」

或許這最後的詢問，才是小王想讓劉老爺子察看翡翠原石的最終目的。對於他這樣的新手，只有對自己翡翠原石的價格，有個知根知底的瞭解，才能避免在以後的交易中吃個大虧！

劉老爺子並沒有直接回答，反而把目光看向了劉宇飛。

劉宇飛不禁心裏一動，瞥了一眼賈似道，臉上閃過狡黠的笑容，說道：「爺爺，我今天是帶朋友來看您的。就是這位，賈似道，小賈！上次和您提過的。」說著指了指賈似道。賈似道自然是恭謹地問了一聲：「老爺子好！」

「好，好！」劉老爺子認真地打量了一眼賈似道，滿臉的笑意，正準備再說點什麼，劉宇飛卻搶先一步，把小王詢問的話題，給踢了過來！

「小賈，你也是行內人，經營的還是翡翠原料生意，這塊翡翠原石的價格就由你來評估一下吧，如何？」劉宇飛很瀟脫地笑著，向眾位老者介紹著賈似道。

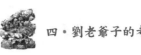

賈似道聞言，頓時苦笑，這劉宇飛自己落水不甘心，還想把他也拉下去啊！

「呵呵，小賈，我就和小飛一樣，這麼稱呼你吧！」劉老爺子看著賈似道一陣沉默，還以為賈似道有些放不開，接著說道：「既然小飛都這麼說了，在這裏的也都算自己人，你就給這塊翡翠原石估價一下。讓我們這些老頭子，也見識見識你們年輕人的眼力……」

「就是。」先前和賈似道搭訕過的老李，笑著說道：「小兄弟，來給我們說說吧。別看我們這些老頭子在察看翡翠原石的時候，說得頭頭是道，不過，這市場上的翡翠價格，可是瞬息萬變，我們這些老頭子，大門不出、二門不邁的，即便我們估價出來，怕也是過時了。」

老李這麼一說，眾人看向賈似道的眼神，一時間也期待起來！

賈似道內心頓時明白過來，這是眾人對自己的一番考驗了。

一般來說，小王這樣找人看貨，行家們一般都只會說翡翠原石的成色，但是具體到翡翠原石的價格，大多是不會說出口的。

一來翡翠原石也好，古玩也罷，要論到價格，除去一些主觀人為因素之外，在客觀的方面，諸如產地，品相，也都是左右價格的重要因素。

二來，要是把話說死了，比如確定這塊翡翠原石為三十萬，萬一小王之後出手的價格為四十萬，那豈不是砸了自己的招牌？

「好吧，那我就獻醜了。」賈似道明白自己是躲不過這一關了，說起來，他也需要給劉老爺子留一些好印象，以劉老爺子在這個圈內的地位招牌，要是自己贏得對方好感，他以後的道路必然會輕鬆許多，當然，沒有三分三哪敢上梁山。

賈似道有了特殊能力的輔助，加上這段時間來一系列的連續「惡戰」，他自問對於翡翠原石的瞭解也已經登堂入室了。

他伸手拿起了小王的兩塊已經被切開的翡翠原石，仔細察看了一番這兩塊翡翠原石，才開口道：「大家可以看看，這塊翡翠原石的表皮。顯然，除了王兄自己的第一次切割之外，還有其他切割的痕跡，對不對？」

「的確如此。」小王見賈似道詢問，很誠懇地點了點頭。

「這麼說來，這塊翡翠原石的表皮的塊頭，一定不會太小了。」說著，賈似道還是把詢問的眼神看向了小王。

「對，原先這塊翡翠原石比現在合起來還大三四倍。我遇到的時候，大家都覺得表皮很怪，模樣醜陋，很難切出翡翠來。」小王說道，「若不是價格比較便宜，而我又是第一次出手，想要碰運氣的話，恐怕我是不會收下這塊翡翠原石的。」

「難怪！」不光是賈似道，邊上的幾位老者聞言也下意識地點了點頭。只有面對價格便宜，表現又很一般的翡翠原石，小王這樣的新手，才會選擇給這塊原石來個對半切。

「呵呵，我就說嘛，這塊翡翠原石的下刀比較粗糙，在位置上，也說明王兄的運氣很好。」賈似道說道，「但是，我猜測，在對半切之前，王兄就已經在表皮部分切了不少刀了。」

「分析得不錯。」聽到這裏，劉老爺子贊了賈似道一句，看賈似道的眼神，也多了幾分神采。

賈似道當即就知道，自己算是得到劉老爺子的認可了。和劉宇飛對視了一眼，劉宇飛也洋溢著一分欣喜的神色。想來，在眾人散去之後，劉老爺子對於賈似道想要他幫忙介紹雕工出色師傅的事情，會願意出手幫忙了。

賈似道鬆了一口氣，剛剛的一番話，他可是下了功夫的，既可以表現出自己的眼力，又不會給人賣弄的感覺。

略微琢磨了一下，賈似道才接著說道：「不過，王兄你的運氣好是一個方面，但是你的膽識，更是我們這些小心翼翼的商人所需要學習的。」

「哦，這話怎麼說？」邊上的劉宇飛好奇地問了一句。

這個時候的劉老爺子，似乎有點明白了賈似道的想法一樣，頓時露出了幾分欣喜，而對劉宇飛卻是瞪了一眼。頓時劉宇飛的表情一驚一乍的，惹得大家笑了起來。

「這塊翡翠原石，如王兄所說，應該很醜陋。」賈似道淡淡一笑，說道：「這樣的翡翠原石，王兄一開始收下的時候，定然心存僥倖，但是，當他對翡翠原石的厚實表皮連切數刀之後，依然還是白森森一片，那肯定會讓人大失所望的，在這種狀況之下，如果是我的話，恐怕當場就把這塊翡翠原石給處理掉了。」

「這倒是。」一看到大家都沒什麼反應，劉宇飛搶先應和了一句。在切了一刀不見綠之後，很多老手都會放棄的！

「呵呵，但凡賭石的人，在切石之前，都是沒有百分百把握的。」賈似道笑著說道，「哪怕翡翠原石表皮表現再好，也有切垮的時候……當然，事實證明，你那頗有勇氣的一刀，在當時的情況下，是最正確的選擇。一來，讓這麼珍貴的翡翠現出了原形；二來，因為你的手法本身就比較生疏，要是小心翼翼切割的話，反而會破壞整個切面的光潔，甚至會讓翡翠產生更大的裂紋！現在雖然有些瑕疵，卻大致不會影響翡翠的價值！」

「呵呵，初生之犢不畏虎！賭石更是如此，需要的是魄力和勇氣。」說到最後，劉老爺子總結了一下，還意猶未盡地感歎了一句，說道：「我們這些垂垂老矣的人，應該多學著點嘍。」

劉宇飛深呼吸了一口氣，看了賈似道一眼，走近了，捶了賈似道的肩膀一下，緩緩地說：「好小子，真有你的。」

賈似道聳了聳肩，若不是他想在劉老爺子心中博得一個好印象的話，恐怕也不會在給別人看石的時候，分析出這麼一大堆道理來。

至於這塊翡翠原石的最終價格，到了這時，反倒顯得不那麼重要了。

市場上的價格，歸根結底，還是需要看雙方的需求的。就好比賈似道那塊玻璃種藍翡翠，市場上一千來萬的價格，只能做一個參考而已。劉宇飛和楊泉在進行交易的時候，更多的還是要以其他的一些因素為主導。

如果劉宇飛處於弱勢，那麼這塊玻璃種藍翡翠，別說是上千萬，能有五六百萬就算不錯了。而現在，楊泉若想要玻璃種藍翡翠的話，如果他能以一千五百萬的價格拿過去，那他就是燒高香了。

這種來自交易物品之外的博弈，卻不是小王這種翡翠一行的新手所能明白的。

「劉老爺子，那這塊翡翠原石？」小王看了看眾人，猶疑著問了一句。

「呵呵，下次有機會我們再談吧！不過，你要是準備現在就出手的話，倒是可以直接找小飛。」劉老爺子自然知道小王想要儘快出手換現金的想法。本來，帶著他來這邊，和幾個老人家一起說說，為的就是怕小王這樣的年輕人，會以為他這個老人家一口價虧了他的翡翠原石。

畢竟，人情歸人情，生意人在交易的時候，都還是比較市儈的。

劉老爺子雖然在這一帶名氣不小，卻也以身作則，不會去欺壓一個年輕人。找大家一起來說說，無非是安小王的心而已。現在既然劉宇飛來了，劉老爺子也自然樂得把生意推給自己的孫子。

「好吧。」劉宇飛知道自己的爺爺大多時候都是不參與家族裏生意的。對於劉老爺子來說，現在更喜歡的是閑著沒事找幾個人下下棋，喝喝茶，聽一段小曲，或者把玩一下自己喜歡了一輩子的墨玉！

說起來，劉家的每一代人喜歡的東西，都不太一樣。

劉老爺子收藏的是墨玉，劉宇飛喜歡碧玉，至於劉宇飛的父親，賈似道雖然沒有聽劉宇飛具體介紹過，不過，既然整個「劉記」都是從劉宇飛父親一輩揚光大的，想來，劉宇飛的父親還是比較喜歡翡翠的了！也不知道劉伯父家中收藏的一些翡翠珍品，究竟有哪些！

賈似道心裏暗自嘀咕，還對此稍微留了個心眼，畢竟，賈似道先前的想法，就是自己從賭石一行賺錢，轉而去收藏瓷器一類古玩。但是，在經過雲南之行以及此次的廣東之行後，賈似道忽然覺得，自己已不知不覺愛上了冷豔的翡翠。

他更加期待著，能從劉老爺子這邊，借到一個工藝出色的雕刻師傅來了！

此外，這個時候的劉宇飛，已經帶著小王，坐到小方桌另外一邊，那兒擺著一個木質茶几，邊上還擱著幾把農村裏常見的小竹椅，兩個人就這麼坐著，針對兩個半塊翡翠原石，私下裏交談起來。

很快兩個人就完成了交易，看劉宇飛的表情，顯然也有賺頭。正所謂無利不早起，沒有商人會去做虧本的買賣！而對於賈似道先前察看翡翠原石的功夫，眾老者也是頗為讚賞的。

到了這會兒，賈似道自然也不可避免地要和眾位老人家一起說說自己的看法了，反正這塊翡翠原石也不是需要當即就出售的。因為，這就是其中一位姓牛的老人家的東西。他能拿出來讓大夥兒看看，無非就是圖個熱鬧而已。當然，最終目的，也還是想要劉老爺子把把關吧？

賈似道也不猶豫，當即接過這塊原石，微微掂量了一下，約摸有三公斤左右，中規中矩的黃褐色外表皮，皮質比較細膩，而上面裸露出來的松花和蟒帶，應該算是這塊不大的翡翠原石最大的亮點了！因為，按照常理來說，這樣的蟒帶，應該是內部顯綠的徵兆！

要不然，就這麼一塊小型的翡翠原石，幾乎就沒有什麼別的讓人能感覺到欣喜的地方了。

只是，賈似道在用手掂量的時候，卻微微皺了一下眉頭。對於現在的賈似道而言，在察看翡翠原石的時候，最大的倚仗自然是左手特殊能力的感知了。此外，除去眼力，就要數自己的直覺了，這完全是說不清道不明的。

而正是這樣的一種直覺，讓賈似道的眉頭皺了起來。

「要不要放大鏡啊？」劉老爺子看到賈似道默不作聲，不禁好心地提醒了一句，一邊說還一邊指了指他擱在小方桌上的放大鏡等工具。

作為一個賭石的人來說，這些器具，基本上都是隨身攜帶的。

賈似道聞言，微微一笑，很多時候，因為有了特殊能力感知的倚仗，賈似道對於放大鏡之類的輔助工作，就沒有在意了。不過，既然劉老爺子提醒了，賈似道也不會托大，當即感謝了一句，然後拿起放大鏡來，對著翡翠原石一陣猛瞧！

手裏握著翡翠原石，把玩了一圈，賈似道心裏，對於手上這塊翡翠原石自然已經有了判斷。他當即就開口說道：「首先，要判斷這塊翡翠原石的場口，根據外表皮的表現來看，非常輕薄，只不過，和我以前在雲南那邊見過的號稱表皮最薄的老後江玉石相比，要稍微厚上一點，再從各方面綜合來看，這塊翡翠原石應該是新後江場口原石。」

「好！」賈似道的話語一說完，劉老爺子先贊了一句。

而其他的一些老人家，在聽了賈似道的判斷之後，也是分外欣喜，尤其是牛老爺爺，看著賈似道的目光都炙熱了幾分。

賈似道算是看出來了，別看這裏圍著這麼多的老人家，但是大夥兒不由自主的，還是會以劉老爺子為中心。想必也是因為劉老爺子的實力和名氣。

接下來，關於這塊翡翠原石的分析，卻輪不到賈似道來插嘴了。大家你一句我一句的，分外熱鬧。而這種其樂融融的感覺，忽然就讓賈似道有些想家了。出了劉老爺子的家門，賈似道的精神似乎還很有些恍惚。

「怎麼了？」感覺到賈似道的興致不是很高，劉宇飛拍了拍賈似道的肩膀，說道：「剛才老爺子不是答應你，讓你自己去和李爺爺商量了嘛。李爺爺的手藝，不是我吹，絕對算得上是這個！」說著，劉宇飛比劃了一下自己的大拇指。

看著賈似道依然興致不高，劉宇飛不禁又拍了拍賈似道的肩膀，說道：「沒事，我第一次去參加翡翠公盤回來之後，也是你現在的狀態，整個人恍恍惚惚的。要不，我們去遊玩散散心？」

「好啊！」賈似道看看時間，已經接近傍晚了，但是天色依然明亮。他苦笑著說：「你要是有什麼好地方可以推薦的話，我也樂意去……不過，我可說好了，那種女人們喜歡遊逛的地方，我就不去了。」

「瞧你說的，哪能啊。」劉宇飛淡淡一笑，說道：「好歹我也是個大男人，怎麼可能會帶你去那種地方呢？說起來……」劉宇飛眉頭一皺，略微思索了一會兒，笑呵呵地說：「有了，我們這回就玩一回清靜幽遠吧。上次，我去你們臨海那邊的時候，你不是帶我去參觀了一下江南長城嘛，在那長城腳下，還有座叫『神龍寺』的寺廟。記得嗎？」

「廢話，那是臨海好不好，我還能不知道？」賈似道無語。

「巧了。」劉宇飛聳了聳肩說，「我們這邊，就在這附近，也有一座神龍寺。不如我們去那邊逛逛？」

「神龍寺？」賈似道忽然心頭一動！當下就主動拉了劉宇飛一把，說道：「走，趕緊趁天色還早，去那邊看看。」說著率先就坐進了劉宇飛的車子，那匆促的模樣，絲毫不像剛才還是一副有點憂心忡忡、心神恍惚的樣子！

賈似道頗有些期待即將達到的神龍寺。之所以聽到神龍寺就激動，就在於他想到了家中的木造藏！還記得在木造藏內的那張紙上，寫著「神龍寺」三個字。

至於臨海的那個神龍寺，賈似道已經非常熟悉了，那地方的環境和紙上所繪的圖千差萬別，除了寺廟的名字之外，壓根兒就沒有其他任何相近的地方，反倒是揭陽地區，本身就以翡翠而聞名，再加上伴隨著木造藏圖紙出現的還有一塊紅翡。這也讓賈似道對於劉宇飛所說的神龍寺，更加期待起來！

都說深山藏古寺！這話一點兒都不假！半小時之後，當劉宇飛的車行駛到山腳下的時候，從空氣中傳來的寺廟的點點焚香味，有種空谷梵音的感覺。

兩個人站在車邊上，稍微平復了一下心情，進入到了寺院之中。那正對著大門的一個牌坊，上面寫著「神龍寺」三個字，牆壁上則寫著「法性真好」四個大字，這讓賈似道有種諱莫如深的感覺。

「走吧，從正門進去，那裏有一個人工挖掘出來的池塘，水中還養著幾條魚呢。」劉宇飛說起話來，就像是一個導遊，讓賈似道感覺到虔誠的同時，也有點賓至如歸的感覺：「在池塘的邊上，還有龍吐珠、噴水等景致，倒也是個不錯的景點……」

聽過劉宇飛的介紹之後，賈似道忽然心裏一動，問道：「這寺院是什麼時候修建的？」他看著那高大的院牆，紅瓦黃壁，實在是有點歲月滄桑的痕跡。

「這個，我就不清楚了，應該是很早吧。」劉宇飛猶疑著說了一句廢話。

賈似道無奈地搖了搖頭，說道：「走吧，進去瞧瞧就知道了。」

寺廟中的那些佛家的雕像，亭台樓閣，綠水青松，甚至寶塔古鐘，都沒有引起賈似道過多的注意，反而是寺廟周邊的環境，山、路以及大雄寶殿的位置，才是賈似道所關注的重點。

不過，在簡單參觀之後，賈似道的臉上掛滿了失望。

出了寺廟之後，再看看時間，西邊的太陽依舊掛在山坳上，久久不願意墜下去！賈似道和劉宇飛一商量，兩個人便一起驅車到了先前老爺子所提過的雕刻工匠李師傅家裏。

同樣是在郊區，按照劉宇飛的說法，距離劉老爺子的家，其實並不遠。

在車上，賈似道浮想聯翩。揭陽地區這邊的神龍寺，明顯和木造藏中所繪製的「神龍寺」不相符合。不光是神龍寺周邊的地形有著不少差別，就是在寺廟內部的建築物結構，差異也頗大。賈似道並不是沒有想過，根據木造藏的製作年代而言，即便繪圖上的神龍寺還留存至今，恐怕也會有著諸多改變。更何況，繪圖上的那寺廟，明顯有坍塌的痕跡。

雖然出師不利，但賈似道也沒想過，自己的運氣可以爆棚到第一次找神龍寺就能找到圖上所繪的寺廟。

所以，即便現在真的被自己給否定了，賈似道的心情反而平靜了許多！

賈似道想，接下來要先回臨海，把這一趟收上來的翡翠原石給一一切割開來，另外，就是找個好的出路，把大部分翡翠明料都出售出去，換成現金。

然後，就是再找一些拍賣行的門路，去大型拍賣會上收一些自己喜歡的瓷器來收藏。就現在這個年代而言，去古玩市場上撿漏的機率，遠要比賈似道沒有特殊能力的輔助去賭石、並且賭漲了的機率，來得高！

要是口袋裏有錢，賈似道自然也想和那些揮金如土的投資者一樣，在拍賣會上對自己喜歡的古玩大肆競價！想一想在揭陽的翡翠公盤上，那些資金大鱷們的豪情，賈似道就覺得蠢蠢欲動！

當然，果凍的小姨，賈似道還是需要去見見的。

家中的那個仿汝瓷的筆洗，還需要借助果凍小姨的技術修復。至於要不要收藏一件修復過的瓷器，賈似道暫時還沒有很好的計畫。自己收藏也罷，拿去拍賣行當作敲門磚也罷，前提都是要先修復了再說。

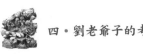

正琢磨著，劉宇飛把車停穩妥了，示意賈似道下車。

賈似道抬眼看了看邊上的房子，有點像是四合院。當然，這邊是揭陽，並不是北方，硬要說是四合院的話，其規模並不是很完整。但是，其建築的韻味還是頗有些相近的，只是房子和房子之間，並沒有很好地相連著。

「對了，小賈，我可是事先和你說好了啊，李爺爺的脾氣，那個，有點怪……」劉宇飛拉了賈似道一把，小聲地說：「待會兒，要是他想要為難你的話，也請看在我的面上，不要太過見怪。」

「哦？」賈似道不禁心裏好奇，很是玩味地問了一句：「既然李爺爺脾氣不好，那你家老爺子為什麼要介紹他來給我雕刻東西呢？不是故意為難我的吧？」

「去你的。」劉宇飛沒好氣地說了一句。

兩個人打鬧著，一起走進了其中的一間房子，陳舊的木門很厚重，卻也很古樸，一個連劉宇飛都想要請他來為自己雕刻翡翠飾品的手藝人，會有什麼樣的怪脾氣呢？

賈似道正想像著，一個清脆的聲音撲面而來：「咦，小飛，小賈，你們怎麼來了？」

古玩人生

第五章

狗屎地出高綠

翡翠原石切面中，出現了黑線和蒼蠅屎，

表示這塊翡翠原石內必有文章！

「蘚吃綠」，眼前桌面上的黑線，在適當的時候，

也可以看成是一種別致的「蘚」。

蒼蠅屎，那些行業內流傳著的「狗屎地出高綠」，

不也說明，它們與綠色翡翠相伴相隨嗎？

賈似道抬眼望去，竟然是有過一面之緣的李師師，也就是在陽美村那邊賭場時，劉宇飛身邊所帶的女子！一時間，賈似道看著劉宇飛和李師師兩個人，臉上不禁流露出了一抹曖昧的微笑！

「那個……」劉宇飛先和李師師解釋了一下他們來的原因，然後才對賈似道訕訕地說了一句：「師師是李爺爺的孫女，她在這裏出現，也是很正常的。」

「是哦，人家在這裏出現是正常的。但在其他地方嘛……」賈似道一邊說，一邊玩味地看著劉宇飛。這種能打擊劉宇飛的場面，賈似道可是不會放過的。

「小飛，是不是劉爺爺讓你們一起過來看我爺爺的啊？」李師師說著，還有點愣愣地看著劉宇飛：「對了，我爺爺在後院裏坐著呢。」

「是啊。」劉宇飛連忙趁機轉移話題。

經過一番閒聊，賈似道也算聽出來了，李師師的爺爺，即便在劉家的「劉記」裏，也絕對算得上一個重要人物。

李師師領著他們，三個人一道穿過正堂，去了後院。

整個後院有一個獨立的大門，應該是屬於原先的好幾個人家共用的。門外，正對著一條道路。

院子裏，鋪著三四條細小的鵝卵石通道，角落裏種植著不少植物，綠意盎然。尤其是其中的一座假山，不高不大，卻很獨特，這樣一番佈置，足可見李老爺子也是個格調高雅的人。

此刻，在小院正中的位置上，支了一個藤蔓的架子。在這架子的中間，是一塊天然石頭擺設成的桌子，邊上放著四把籐椅。

在這天然的石桌上，擺放有整套茶具，此外還有一個老舊的收音機，裏面斷斷續續傳來一些聲調。在石桌邊上坐著的，是一位年紀六十開外的老者，體型微胖，衣著非常樸素，僅僅是一件藍白色的襯衫，靠近襟口處的兩三個鈕扣還全部都敞了開來，頗有點坦胸露乳的架勢，不用說，這就是李爺爺了。

看到李師師帶著賈似道和劉宇飛走了進來，他先是頗為訝異，很快就恢復了平靜。

若僅僅從老者的模樣來看，實在很難想像，眼前的這位李爺爺會是一個雕工傑出的工匠。

「李爺爺，您好，我來看您了，沒打攪到您吧？這位是小賈，是我爺爺特意讓我帶過來，一起來看您的。」劉宇飛看到李爺爺怡然自得的神態後，趕緊上前問了一聲好，順帶把自己前來的目的也開門見山地說了出來。

直到這會兒，李老爺子的眼神才在賈似道的身上仔細地打量了一下，臉上淡淡一笑，道：「來，坐！小飛啊，老頭子我還以為你是特地來找師師的呢。」

「爺爺……」李師師在邊上當即就嘟囔了一聲。

李老爺子只是笑著，並不說話，但是眼睛裏對李師師的溺愛是顯而易見的。

「李爺爺，小賈是做翡翠生意的，不過，他和我們『劉記』不同，主要是經營翡翠原料生意。這回來找您，自然是看上了您的手藝。」劉宇飛回到正題說道，「如果您不忙的話，不如，就幫小賈雕刻幾件翡翠飾品吧，李爺爺，您接下來這一陣子，是不是有空啊？」

「爺爺，反正您每天在家裏待著，也沒什麼事做，不如就幫幫小飛哥哥吧。」這邊李老爺子還沒答話呢，邊上的李師師就開口了。

李老爺子先是看了看李師師，再看了看劉宇飛，嘴角的笑意似乎一下子就變得更加濃郁了，嘴裏樂呵呵的看似不著邊際地說：「這生女娃兒，就是女心向外。這不，還沒什麼事兒呢，就把爺爺給推出去了。」

「爺爺——」李師師不禁沒好氣地喊了一聲，「我不和您說了。」說完就走開了，一個人回到了房裏。

「李爺爺，我也跟著劉兄這麼喊您，您不介意吧？」賈似道說著，見李老爺子不置可否，便打蛇隨上棍，接著說道：「我在來之前，就聽劉兄說過，想要請您雕刻的不少規矩了。您是不是給我一個機會呢？」

「哦？」李老爺子到了這時候，才算有些重視賈似道前來的目的：「你倒是說說，老頭子我，都有些什麼規矩啊？」

「呃……」賈似道一時有些語塞。

面對賈似道的發窘，邊上的劉宇飛很快地就幫忙解了圍。以劉宇飛和李老爺子的關係，隨意地說一些市井上流傳的一些言論，哪怕惹來李老爺子不高興，也不至於壞了賈似道的目的，相對來說，還是比較恰當的。

或許是因為感覺到氣氛還不錯，劉宇飛還說了不少和賈似道一起賭石時的趣事。大打感情牌，這可是劉宇飛和賈似道在前來的路上，就定好的策略。

劉宇飛說起了雲南之行的相識，說起了賈似道賭下一塊巨型翡翠原石，開始的時候李老爺子還能正襟危坐，但是，在聽到賈似道賭出一塊瑪瑙樹，並且上面佈滿億年玉蟲的時候，李老爺子頓時就動容了。

畢竟是在翡翠一行混跡了多年的老人，對於一些行業內的珍品，相比起普通人來，會更加動心！別人不知道那些玉蟲的價值，但是，李老爺子肯定知曉其稀罕與收藏意義！

而當劉宇飛說到賈似道在此次的揭陽之行，還賭出了玻璃種藍翡翠，甚至在地下賭場那邊，以華麗的姿態贏取了最終的大勝，切出了四彩翡翠的時候，即便以李老爺子的沉穩，此刻也有些坐不住了。

聽著劉宇飛敘述著自己傳奇的賭石經歷，賈似道的心情也再一次感到了榮耀。說完之後，三個人沉默了片刻。

李老爺子長長地舒了一口氣，問了一句：「小賈，聽小飛說來，你在賭石上的眼力，應該是很不錯的。是不是從小就開始學著看翡翠了啊？」

「這個，我學得還是有點晚的。」賈似道汗顏不已，說起來，若不是有著特殊能力感知的依靠，像他這樣半途出家的新手，貿然進入到賭石行業中，不虧得血本無歸就不錯了，哪裏還會有現在的風光啊？

因此，他的話怎麼都顯得沒有底氣：「真要說起來，比起劉兄這樣長年累月扎根在翡翠一行中的人來說，我的眼力只能算是馬馬虎虎了。至於那些極品翡翠原石，我能賭過來，也是靠運氣。」

「呵呵，謙虛是好的，可是過分謙虛，就等於是驕傲了。」李老爺子才不會信，賈似道賭石憑藉的僅僅是運氣。對於他這樣人老成精的老古董來說，賈似道的解釋，無疑是有點侮辱別人的智商。

李老爺子笑了笑，讚揚了幾句，接著又似乎想到了什麼，問道：「對了，小賈，看來你是想在翡翠界發展了？當然，我指的可不僅僅是賭石，賭石的風險實在太大了，按照我的意見，年輕人還是少沾一些為好……還有你，小飛，別看你的家底不錯，但是，賭石這東西，難免有走眼的時候，更多的，還是要把精力放在翡翠明料的雕刻、銷售上。」

「是！」劉宇飛自然連忙應和著了。

「正是。」賈似道也表明了心跡，「要不然，我怎麼會來找您老幫忙雕刻幾件翡翠擺件呢？」當然，賈似道這話有些口是心非，有著特殊能力的幫助，他賭石自然是最有把握的暴利。

接下來三個人越談越投機，到了這個時候，賈似道心裏估計，李老爺子應該會親自動手，幫他雕刻幾件翡翠擺件了。

三個人正說話間，原本離開的李師師，卻捧著一盒茶葉走了過來。

李老爺子見了，趕緊從籐椅上站起身來，對賈似道和劉宇飛說道：「來，兩位稍微讓讓！」

說著，自己已經先一步收拾起石桌子上的那些擺設。

待到李師師把手裏的茶葉放在桌子上之後，李老爺子的精神不由為之一振，親自點著了酒精小爐，邊煮水邊說：「你們兩個今天可是有口福嘍！難得師師竟然會把這小半盒碧螺春給拿出來……平常，師師可把這半盒子碧螺春給藏得緊！我老頭子想要碰一下都不成。我看吶，今天肯定是托了小飛你的福嘍……」

「爺爺，您就煮您的茶吧！盡瞎說。」李師師不禁嗔怒地惱了李老爺子一眼，「您要是再說，我可把茶葉拿回去了。」

「好，好，好，我不說，不說，這總成了吧？」李老爺子也樂了，生怕李師師真的把茶葉收起來。

聽老人說著茶道淵源，儘管賈似道不太懂，但是，不妨礙他聆聽李老爺子的訴說。聽著聽著，他的腦海裏不時地閃現出一個念頭：要是自己老了的時候，是不是也可以做到像李老爺子這般，居住在鄉野，聽聽曲子，煮點茶，偶爾看看夕陽呢？

下意識的，此刻賈似道整個人，原本是依靠籐椅上的身體微微前傾，右手手肘撐在桌面上，手掌支撐著腦袋，而左手墊在右手的手肘邊上，眼睛則是看著桌子上的那個小爐子底下跳動著的火焰，一時間神情有些恍惚！

不知不覺的，賈似道的腦海裏出現了一種熟悉的感覺，似乎是一塊扁平的翡翠原石，在逐漸地形成一個淡淡的虛影。原本都還只是一些石質之感，漸漸地卻如同抽絲剝繭一樣，讓整塊翡翠原石揭開了神秘的面紗，裏面出現了一些不規則的翡翠質地！最大的那部分，是冰種的，邊上還點綴著不少豆種、蛋清種的小塊翡翠！

整塊翡翠原石，就好比是一個棋盤，而那些不同質地的翡翠，則如同棋子一樣，散亂地鑲嵌在其中！

當李老爺子「呵呵」一笑，開始沏茶的時候，賈似道驀然之間回過神來，不禁為自己剛才產生的感覺感到奇怪。

下意識的，他低下頭，忽然注意到眼前這塊石桌子的形狀，他心裏猛然閃過一個念頭，這塊石桌子，不會就是剛才感覺到的那塊翡翠原石吧？

按捺住心頭的疑惑和驚訝，賈似道深吸了一口氣，對李老爺子小聲詢問道：「李爺爺，您以前是不是也賭過原石啊？」

「哦，小賈，你怎麼會有這個想法？」李老爺子微微一愣，緊接著，動作流暢地沏完茶，用手在桌面上輕輕一推，遞過來一杯，說道：「來，嘗嘗這碧螺春……」說著，又給劉宇飛和李師師一人倒了一杯，這才用手捧起屬於自己的那杯，湊在嘴前，用嘴輕輕地吹了吹，抿了一口。

那熟稔的動作，李老爺子做起來，給人風輕雲淡的感覺！

賈似道看著李老爺子聞言之後，那瞬間出現的愣神表情，似乎是有些不願意提起以前的事情。

莫非是賭石賭垮了？

說起來，大凡是翡翠雕刻工藝出眾的人，一般都會掌握一些察看翡翠原石的基本功夫。至於他們自己參不參與賭石，卻是兩說！或許是察覺到賈似道的疑惑，邊上的劉宇飛有些訕訕地丟給賈似道一個沒好氣的眼神。

這麼一來，賈似道算是明白過來，難道自己的猜測，還真的成了現實！

要是沒有剛才特殊能力的驚人發現，或許，在劉宇飛的提醒之後，賈似道會就此揭過，從此不再提此事，但是現在當然不一樣了。賈似道有意無意地瞥了一眼石桌子，然後對李老爺子笑道：「其實，我也是無意中猜測的。一來，李爺爺您是翡翠雕刻方面的高手，自然對於翡翠毛料比較熟悉；二來，眼前這張石桌子，恐怕它原來的面目，也應該是塊翡翠原石吧？」

「看來，還真是這張桌子惹的禍啊。」李老爺子神情淡然，放下手中的茶水，伸手摸了摸石桌子的桌面，歎道：「我年輕時，還真的賭過翡翠毛料！不過，那時年輕氣盛，眼力又不夠，運氣也不太好，結果虧得血本無歸。連帶著，師師的父母，也是三天兩頭地和我鬧彆扭……」

「爺爺，您怎麼又說起這事了……」邊上的李師師嘟囔起小嘴，先是憤憤地白了賈似道一眼，隨後想要把話題給扯開來。看得賈似道多少有些尷尬。

反倒是李老爺子自己「呵呵」一笑，對李師師拂了拂手道：「沒事，都已經是過去的事情了，難道爺爺我還經受不住這麼點小挫折嗎？」

李師師悻悻地坐回到籐椅上，不再說話了。而看向賈似道的眼神，自然依舊是沒什麼好顏色，反而對著李老爺子時時地流露出關心。

真是個蕙質蘭心的女子！賈似道暗贊了一句。

「就說眼前這張桌子，那是十幾年前我最後一次出手，賭石賭垮了的證據，也算是留下來作個紀念吧。」李老爺子淡淡地說，「當時花了我五萬塊錢呢……你們可別小看這五萬塊，按照現在的行情來說，可是相當於七八十萬，結果，一刀下去，垮了。」

「仔細一看，這還真是一塊質地不錯的翡翠原石呢。」劉宇飛在邊上用手輕輕摸了摸了桌面，附和了一句。

「那是！」說到李老爺子最後一次出手的翡翠原石，老人家恢復了一點精神氣，說道：「你們看看，這可是典型的帕敢場口的老坑料子啊，黑烏沙皮，皮質細膩，上面還明顯帶有一些色帶。這在當時，可是屬於最熱門的翡翠毛料了，更不要說現在了。不然，你們以為老頭子我能挑中這塊翡翠原石，做為自己最後的賭注？」

「表現再好，也還是切垮了。」李師師在邊上無奈地說了一句。

「師師——」劉宇飛聞言，不由得語氣加重地喊了一聲！

「呵呵，小丫頭說得對，這賭石啊，即便原石表皮的表現再怎麼好，多麼讓人心動，也是不算數的。」李老爺子似乎徹底淡然了，語氣顯得很平靜，這是一種接受現實的無奈。

賈似道心裏琢磨，難怪一開始幾個人交談時，李老爺子就勸告二人，讓自己和劉宇飛把經營翡翠生意的重點，從賭石轉移到雕刻和成品的銷售上。

要是沒有血的教訓，只看到表面的暴利，又有誰會保持如此清醒的眼光？

「當時，行內就流傳著『寧買一條線，不賭綠一片』的說法，我這明明也是賭的一條線的綠色帶，可是，在切石之後，原先看到的綠色部分只沁進裏面一釐米不到就徹底消失了，只剩下慘不忍睹的一片白茫茫，也就是俗稱的『白魔』。我當時那個氣啊，當時就又豎著切了二刀，一石三分，仍然是冰天雪地。我整個人就呆了，要知道，那賭石的五萬塊錢，幾乎已經是我的全部身家了。我幾乎都氣瘋了，是小丫頭的媽媽硬是拚命攔著我繼續切石。於是，才留下了這塊慘白慘白的毛料，作為院子裏的桌面。從那以後，雖然我幾次都動了想要再賭一把的心思，但是，每當看到這桌子，我的心就平靜下來，反倒是我雕刻的手藝日漸精湛了……」說到最後，李老爺子長長地歎了一口氣。

邊上傾聽的三個年輕人，此刻也是唏噓不已！

沉默了半晌，賈似道放下手裏的茶杯，手指在石桌子的桌面上輕微而有節奏地敲打著，考慮了一會兒，心裏有了一番計較，眉頭才逐漸舒展開來，開口輕聲問道：「李老爺子，有句話，我不知道該不該問？」

「哦，小賈，有什麼事你就直說。」李老爺子淡淡地回了一句，「至於你想要雕刻的翡翠擺件，還是需要等到你把翡翠料子拿過來時再具體商量。」

這話算是正式給了賈似道一個定心丸。

賈似道恭敬地說：「我是想問問，您這張石桌子，還有出手的打算嗎？」

「這張石桌？」李老爺子有些愕然，不光是李老爺子，就連劉宇飛也是驚訝萬分。

「我說小賈，你該不是準備不打算繼續賭石了吧？」劉宇飛小心地問了一句，他心裏想著賈似道是不是受了刺激，要收藏這麼一張石桌子，來警示自己。

劉宇飛一邊問著，一邊還皺了皺眉頭，實在有些費解！

「是啊，就這張石桌子。」賈似道卻不以為意，笑著說：「具體地說，其實是上面這麼大半個桌面！」

「不是吧，莫非小賈你準備賭這張桌面？」李師師看著賈似道那淡然的神情，不由猜測著說了一句。說完之後，她臉上那驚訝的表情再也隱藏不住。

「呵呵，有趣，有趣！」李老爺子一樂，說道：「這麼多年來，你還是第一個想要賭這張桌子的人，就衝這個，我就把這張用來作紀念的桌子讓給你了。對了，小賈，你準備出多少價錢呢？」

「這個，劉兄，以你來看，按照市面上的價格，以這桌面的表現，可以值多少價錢？」賈似道轉頭問起了劉宇飛。

「大概也就是幾千塊錢吧。」劉宇飛用手在桌面上仔細地摸索了一陣，才猶疑地答道。

畢竟，就這麼一張桌子，雖然的確是翡翠毛料，但也是李老爺子切垮後剩下來的，要是讓劉宇飛來判斷的話，這塊翡翠料子，賭性實在是不高！

至於這幾千塊錢的估價，都是劉宇飛往盡可能高的方向考慮了。

果然，李老爺子聞言之後，就微微有些驚訝道：「幾千塊錢？我說，假如真的拿出去賣的話，一千塊錢也就頂天了。雖然我對翡翠料子最新的市場行情不是很瞭解，但是這點自知之明還是有的。」

說罷，李老爺子還對劉宇飛說教起來：「小飛啊，雖然這東西是老頭子我的，你想要顧忌一下我老人家的面子沒錯。但是，以後做生意，還是要憑著真實情況來估價的。現在沒有什麼外人，大家也不好說什麼，要是傳了出去，可是要壞了名聲的。」

劉宇飛自然是諾諾地應了一聲：「是！」

倒是賈似道聞言之後，笑了起來，道：「李爺爺，其實劉兄說的幾千塊錢，還是往低了說的。按照我的估計，這張桌面恐怕不止幾千塊錢，反而是幾十萬，甚至是上百萬的價格！」

「小賈，你該不是說笑吧？」就眼前這麼一張桌子，要是尋常人說價值幾十萬，乃至於上百萬的話，任誰也不會相信的。只是，這話是從賈似道這個賭石新人王嘴裏說出來的，就多少有些分量了。

李老爺子也為之一怔！

邊上的李師師更是好奇地看著賈似道，似乎是在等著賈似道的解釋！

賈似道聳了聳肩膀，笑著說：「你們可別這麼看著我。要是下次我再來這邊喝茶的話，估計就沒有這麼一張名貴的石桌可用嘍。」一邊說著，賈似道一邊還故意作出一副惋惜狀！

「好了，小賈，你就別賣關子了。」劉宇飛沒好氣地說，「莫非，你覺得這張桌子的內部，還真能切出翡翠來不成？」

「不是我認為能切出翡翠來，而是一定能切出來！」賈似道肯定了一下自己說話的語氣，才接著說道：「其實，李爺爺在十幾年前最後的孤注一擲，並沒有賭輸，只不過被表面現象給迷惑了而已。要我說，這張石桌子，可是個寶啊！」

「爺爺，我去拿工具來。」李師師略微一猶豫，不禁就準備去拿切石工具。不管賈似道說得有多麼肯定，只有事實真相擺在眼前的時候，大家心裏才能真正接受。要不然，哪怕接下來賈似道解釋得再怎麼圓滿，說的話再怎麼頭頭是道，李師師也不敢相信，這張石桌子裏會有珍品翡翠！

「丫頭，等等。」李老爺子卻伸手阻止了，對賈似道說：「小賈，你怎麼就能確定這石桌子裏，就一定會有翡翠呢？而且，還是珍品翡翠？」

如果說能切出一般的翡翠，李老爺子多少還是能相信的。但是，那樣的翡翠價值並不高，和劉宇飛所說的幾千塊錢差距並不大。而若是按照賈似道所說的價值幾十萬，卻只有切出中高檔的翡翠料子，才能達到這個價格。

「呵呵！」賈似道淡淡一笑，到了這個時候，他有點指點江山揮斥方遒的感覺了：「剛才我有意在放下自己茶杯的時候，稍微用了幾分力氣。大家不妨來聽聽看？」說著，賈似道重新示範了一遍，當茶杯嗑碰到桌面上的時候，只聽「叮叮」之聲，非常清脆。

「怎麼樣？是不是很清脆？」賈似道邊說著，邊收回自己的手，也不去看李老爺子以及劉宇飛等人此時的反應，緊接著說：「這就說明，這塊桌面的料子硬度，是上佳的翡翠原石質地，即便不是玻璃種、冰種這種極品，也差不到哪裏去。再來看這個桌面，也就是整塊翡翠原石的切面，隱約可見墨色絲線狀的痕跡以及比較清晰的在翡翠原石中常見的蒼蠅屎，這些又說明了什麼，恐怕就不用我來說了吧？」說完，賈似道才又重新安穩地坐到了籐椅上。

這裏的幾個人，都不是對翡翠原石一竅不通的人，劉宇飛更是行家老手。在一塊翡翠原石的切面中，要是出現了大量的黑線、蒼蠅屎，無疑預示著這塊翡翠原石內中大有文章！

畢竟，黑線、蒼蠅屎大多數情況下，都是和翡翠的綠咬在一起的。

所謂的「蘚吃綠」，只是一種情況，眼前這桌面上的黑線，在適當的時候，也可以看成是一種別致的「蘚」，只不過沒有那麼明顯罷了。至於蒼蠅屎，也是類似的。那些行業內流傳著的「狗屎地出高綠」，不也正說明了，它們與綠色翡翠相伴相隨嗎？

正是如此！一時間，劉宇飛三人都有些愣了。

賈似道言語中的推測，自然很快就在李老爺子的腦海中得出了結論。十幾年來，自己用作茶桌的廢料，突然之間就變成了寶貝，當初賭垮的要死要活的害人之物、用來警示自己的紀念品，忽然成為了撿漏的經典，這讓李老爺子的腦子有些轉不過彎來！

「劉兄，你該不是不相信我的判斷吧？」賈似道看著三人都有些愣愣的神情，暗自好笑。當然了，李老爺子，賈似道自然不好意思去打趣，但是這劉宇飛嘛，賈似道卻還是頗為上心的，不由得打趣道：「如果劉兄不信的話，不如，我們來打個賭如何？我猜測這桌面裏，至少會有一團綠色翡翠，其質地還應該在冰種、豆種這種級別。怎麼樣？要不要來賭一賭啊？」

「鬼才和你打賭呢。」劉宇飛回過神之後，沒好氣地丟了賈似道一個白眼，轉而就飛快地觸摸起眼前的石桌子來。

另一邊的李師師，這個時候去拿來了放大鏡、強光手電筒等輔助工具，然後，劉宇飛、李老爺子、李師師三人，幾乎是人手一份，圍著整張石桌子認真地察看起來。

「小賈，真是了不起。這塊料子，的確適合再賭一次。」認真看完石桌子的表現，李老爺子贊了賈似道一句，還情不自禁地嘀咕著：「我當時怎麼就沒有發現呢？」

「爺爺，您這就叫作熟視無睹。」李師師神色欣喜道。

「呵呵……」或許是賈似道的話給了李老爺子新的希望，李老爺子的心情變得無比輕鬆，彷彿是陳年舊疾一下子痊癒了一樣，整個人煥發出熠熠的光彩！

「小賈，還真有你的。」劉宇飛沒有和賈似道見外，忍不住捶了賈似道一拳，說道：「這都能被你給撿漏。莫非，你有什麼我們所沒有的特殊能力？」

「哎呀，這都被你看出來啦？」賈似道一副震驚的表情。

一時間，眾人都是笑呵呵的，誰也沒把賈似道的玩笑當真！

要是在平時，賈似道不會這麼貿然就把自己對於石桌子的判斷當眾說出來。不過，一來，在李老爺子面前，只有賈似道表現出一定的能力，才會引起他的重視。那麼在後期加工翡翠擺件的時候，老頭子會更加上心！

二來，也是賈似道不忍這麼一塊上等翡翠被埋沒，尤其這張以翡翠毛料做成的桌子，還是李老爺子以前賭石所留下的慘痛教訓。現在賈似道能夠起死回生，也是給李老爺子一個重新證明自己的機會，了卻李老爺子壓在心頭的一樁心事！

這也算助人為樂，何樂而不為！

看看現在李老爺子和李師師，笑得如此舒心、燦爛，賈似道就感覺自己的決定絕對正確。

當即，李老爺子就拉著劉宇飛和賈似道一起到了屋內，搬來了角磨機和小型切割機，對著桌面一陣比劃，先是用角磨機把邊角的一些雜質給拋除了，然後幾人又以賈似道的意見為參考，商量出妥善穩當的辦法之後，最終確定了下刀的部位，由李老爺子開動了砂輪。

只聽「嚓嚓」聲一陣陣響起，小院子裏四個人的心，也被這聲音給完全揪了起來。

最後，只聽「啪」的一聲響，薄薄的一片翡翠切片，分離了開來！

賈似道的心，猛的就是一震！

第六章

赤裸裸的敲詐

賈似道伸手向他要了一顆翡翠珠子來看，
特意抬手對著天空的方向，仔細地照了照。
賈似道心裏不由得歎了口氣，
對中年攤主頗有深意地看了一眼。
這五千塊錢的價格，就是赤裸裸的敲詐呀！

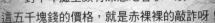

邊上的李師師，適時地端過來一盆清水。李老爺子伸手拿起了切片，仔細地察看了一下，還特地用清水沖洗了一遍，待到李老爺子的嘴角露出一絲微笑之後，劉宇飛和賈似道也一起圍了上去，好奇地察看起來。

切片的部分，倒是和原先桌面的表現有點類似，只不過，因為切割的位置已經比較靠近原石內部的冰種翡翠部分了，所以，在切面上，還是呈現出了一抹淡淡的綠意，其質地非常喜人。

要是普通切石，這就是切漲了的預兆啊。而現在，從一塊廢棄了十幾年的料子裏切出了希望，更是讓人激動不已。

「李爺爺，我們還是趕緊再切一刀看看。」四個人中，也只有賈似道對於切出這樣的表現見怪不怪。

「哎！」李老爺子應答一聲，那雙拿著原石切片的手，也和他的聲音一樣，微微有些顫抖。但很快老爺子就恢復了鎮定，露出了雕刻大師的風采。

第二刀下去之後，整塊翡翠原石的面紗，終於被徹底揭開。看著顯露出來的切面，四個人都不由得看呆了。正如賈似道先前所說，最大的一團翡翠，呈現出半圓形，水靈靈的，朦朧的，蔥翠欲滴中又帶有一絲暖色，坦露出它誘人的俏麗模樣。

李師師情不自禁地贊了一句：「好漂亮的俏陽綠啊！」

然後，李師師整個人興奮地衝到了李老爺子的身邊，對著他喊了一句：「爺爺，您快看，這塊廢料裏，切出來的是冰種俏陽綠翡翠呢。」

「看到了，看到了。」李老爺子喃喃著，目光卻一直都沒有離開過眼前的翡翠！那專注的模樣，要是不瞭解的人，還以為李老爺子正在注視著他的情人呢。

劉宇飛和賈似道互望一眼，就聽劉宇飛的嘴裏，輕聲地喊了一句：「耶！」

賈似道對著翡翠原石的切面比劃著，向劉宇飛問了一句：「應該能挖出三四副手鐲吧？」

劉宇飛白了賈似道一眼：「這個時候談能切出幾副手鐲，真是沒雅興！」不過，緊接著，劉宇飛琢磨了一下道：「若是讓李爺爺自己來做的話，應該能出四副鐲子，外加四五個冰種俏陽綠戒面以及兩三個小掛件。至於其他部分的翡翠，雖然有些綠意，卻價值不高。」

從李老爺子家裏出來之後，天色已經很暗了。賈似道略一猶豫，便決定和劉宇飛一起回到市區別墅那邊。

不管怎麼說，這一趟來李老爺子家裏拜訪，結果還是讓賈似道很滿意的。不但成功完成了自己想要找個雕刻大師的目的，與此同時，也讓李老爺子欠下了一份人情。

想到李老爺子還讓李師師準備了一頓豐盛的晚餐，賈似道就覺得自己的心裏美美的！

「怎麼，到了這會兒，你還在為自己剛才的眼力得意呢？」劉宇飛一邊開著車，一邊淡淡地笑出聲來：「我就琢磨著是不是應該建議李爺爺，回頭雕一塊翡翠牌匾給你掛家裏去，來表示他的感謝呢？」

「去你的，沒正經！開你的車吧。」賈似道白了劉宇飛一眼，說道：「我覺得，你這完全是赤裸裸的嫉妒！」

「我有什麼好嫉妒的啊？」劉宇飛很是大言不慚，「無非是你運氣好，瞎貓碰到了死耗子，給撞上了唄。」

到了劉宇飛的別墅，賈似道和劉宇飛商量了一陣，就倒頭睡覺了。至於劉宇飛和楊泉之間的交易，賈似道也不好多問，或是跟過去礙事。雖然，賈似道的內心裏，還是非常期待看到那尊墨玉壽星的。

第二天，賈似道起來之後，發現劉宇飛竟然一個晚上都沒有回來，也不知道他和楊泉之間的交易進行得怎麼樣了。

賈似道簡單隨意地吃過早飯，打了個電話給劉宇飛，劉宇飛苦笑著說：「交易還沒有完成呢。」

賈似道心裏不禁歎了一聲，事實果真和自己猜測的一樣，因為雙方手裏都有對方想要的東西，所以第一次談判，兩個人都互不相讓，目前的糾纏就在意料之中了。

「那你就繼續和他耗著唄。」賈似道建議道，「翡翠公盤上的那塊玻璃種藍翡翠，不是被我和王大哥一起給搶下來了嘛，應該說，楊泉、井上他們現在還是很需要這塊藍水翡翠的。」

「話是這麼說沒錯……」劉宇飛那邊沉默了一下，才說道：「但是我也同樣需要那尊墨玉壽星啊。而且，相對於我對墨玉壽星的追求來說，楊泉一行人對於玻璃種藍翡翠的追求，反而沒那麼著急了。」

賈似道頓時愕然，事情果然棘手了，畢竟，劉宇飛想要墨玉壽星，那是為了給老爺子做壽準備的，要是時間過了，即便再尋到墨玉壽星，還有什麼意義呢？

「你自己看著辦吧。」賈似道有點無奈地說，「如果實在沒辦法的話，那就稍微廉價一些，也無所謂。怎麼著也要把墨玉壽星給買過來。」

「小賈，你放心吧，藍水翡翠的價格，最低不會少於一千萬的……」劉宇飛那邊還沒說完呢，賈似道就打斷了他的話，說道：「你小子，哪來那麼多廢話啊，是不是沒有一千萬，你也會給補到一千萬？我可告訴你，到時候交易了，是多少錢就多少錢，跟我還客氣什麼……對了，你昨晚一晚上沒回來，現在住在酒店呢？」

「哪能啊，我在我堂哥這邊呢。」劉宇飛應了一句。

「也對，和你的家人商量一下也好。」賈似道點了點頭，「我準備今天就回去了，和你說一聲，另外，你要是沒什麼要緊事的話，還是回來一趟吧。」

「行，我這就回去。」劉宇飛應了一聲，很快就把電話掛了。

賈似道聽著手機裏傳出來的忙音，不由得下意識地聳了聳肩。要不是在劉宇飛的別墅裏還有賈似道的幾塊翡翠原石，劉宇飛倒也不用趕回來。

見到劉宇飛，已經是一個小時後了，這期間，賈似道把劉宇飛的別墅好好參觀了一番，尤其是劉宇飛那個獨屬於看石、切石的「翡翠工作室」，裏面的一些輕巧工具讓賈似道有點愛不釋手。

「你要是喜歡的話，我免費給你打包一份寄過去。」劉宇飛在工作間找到賈似道的時候，說了一句，口氣裏多少有一些感謝的意思。誰讓在藍水翡翠這一件事上，賈似道幫了他這麼大一個忙呢？

「那是肯定的。」和劉宇飛，賈似道也沒什麼好客氣的，伸手拍了拍劉宇飛的肩膀，說道：「在賭場的時候，你還答應過要給我弄一架新式小型解石機呢，你沒忘了吧？」

劉宇飛聞言，拍了一下自己的腦門，笑著說：「你要是不提的話，我還真給忘了。過兩天，我就把其他的一些小型工具一起給你寄過去……對了，你這邊的翡翠原石要怎麼辦？是直接隨身帶回去呢，還是托運回去？」

說著，劉宇飛指了指工作室的一個角落，那裏正放著賈似道在揭陽市的收穫。除去翡翠公盤的幾塊翡翠原石之外，其餘的全部都在這裏了。賈似道看了看，其中就有在「大賭石」的最後時刻，他切割出來的一小段圓柱體翡翠原石。

此外，就是那晚在參觀了洪總切石之後，眾人出去試手氣時所賭過來的四塊翡翠原石，三塊灰不溜秋的，一塊開了窗並且有裂的，都放在角落裏。而在它們的邊上，還有一塊是從王煒堅的古玩店裏淘來的。原先收上手的時候，一共是兩塊，賈似道只是看中了其中稍微小的一塊，也就是切出四彩翡翠的那塊。現在，「殺嫩」留下來的三塊極品翡翠原石，都存在劉宇飛的保險箱裏呢。

最後，還有一塊個頭比較大，模樣非常醜陋的翡翠原石，是花了五萬塊錢，在去古玩店之前收上來的。如果沒有它的話，其他的這些翡翠原石，賈似道即便想隨身帶著，也不會太過麻煩！

略微思索了一下，賈似道還是決定托運比較方便一些。賈似道雖然心急，迫切想要看看這些翡翠原石內部的情況，但是，正所謂一口吃不成一個胖子，一步登不了天。

現在他手上的翡翠原石，可不僅僅只有眼前這些而已。還有先前已經從平洲運回臨海的和翡翠公盤那邊競標下來托運往臨海的，這兩部分的翡翠原石僅僅是數量上，都要比眼前這些多得多了。

賈似道和劉宇飛說明了自己的想法之後，劉宇飛就打電話聯繫了托運公司的人，很快就把這些翡翠原石都給裝上了車。這麼一來，賈似道獨自回臨海的時候，可就輕鬆了。

只是，賈似道手邊的東西是少了，但是心中的想法，卻依然隨著劉宇飛停留在了揭陽，畢竟這裏有賈似道剛認識的好友和曾經的賭石輝煌。明年的揭陽翡翠公盤，又會是怎麼樣的盛舉……

回到臨海之後，雙腳一落地，賈似道就深深地吸了一口氣。

還是家鄉的空氣好，還是家鄉的景色讓人感到舒坦啊！

沒有驚動任何人，賈似道悄悄地回到了自己的別墅。

說起別墅，賈似道的父母至今還不知道兒子發達了，並且買了豪華別墅，他們都還在鄉下住著呢，賈似道也在煩惱，究竟要找個什麼樣的藉口和理由，和他們說自己最近的變化？

說起來，不管你的口袋裏有多少錢了，不管你玩古玩得了多大的好處，在父輩的眼裏，只有穩定的工作才是根本；只有在單位裏每個月拿薪水的那種生活，才算是有保障。

這種代溝，恐怕不是賈似道的三言兩語，或者直接拿出錢來就能夠填平的。

至於賈似道的那些狐朋狗友，就連知道賈似道玩古玩的阿三，都還不知道他這時已經住進藍山社區的別墅了，更不要說其他人了。估計，賈似道一旦公佈自己擁有了別墅，在自己的朋友圈裏，非給鬧翻了天不可。

財富如果突然暴增，那麼必然會與原來的朋友產生隔閡，這卻是賈似道不願意看到的。

賈似道先洗了個熱水澡，然後請社區的清潔員來打掃了一下房間。待到一切都妥當之後，賈似道獨自去吃臨海的小吃。一個人點了幾盤小菜，炒螺絲、粉絲、雞爪，要上一瓶啤酒，再上來一碗麥蝦，這種愜意的享受，要是以往的賈似道，也只有一個月半個月才會出來「揮霍」一回。

正吃著的時候，手機鈴聲響了起來，賈似道把手機放到耳邊，大聲說道：「喂，誰啊？正在吃飯呢。」

「哎喲，小日子過得不錯嘛，看來你早就到家了啊。也不知道給我打個電話，報一聲平安，我還以為你還在路上呢。」電話那邊傳來劉宇飛的聲音。

「你小子，知道我們這邊的交通不好，還這麼寒磣我？這都什麼時候了，我怎麼可能還沒回到家啊！」賈似道很無語，邊說著還邊喝了一口小酒，咂吧了幾下嘴，才接著問道：「說吧，有什麼事情？我可不相信你有這麼好心，竟然還關心起我的行程來！」

「小賈，你嘴巴裏果然沒什麼好話。」劉宇飛笑嘻嘻地說，「你想要借的雕刻師傅，我已經幫你聯繫好了。本來我還準備給你多介紹兩三個的，但是一聽說要去臨海那邊，就沒什麼人響應了，只有一個叫許志國的，別看年紀比較小，只有二十來歲，但是手藝絕對過得去！」

「哦？二十來歲，和我一般大，倒是比較好相處。」賈似道琢磨著說。

「那是，我見過小許，為人還是不錯的。有幾件他的代表作，你要是想過過目的話，我待會兒把照片發到你郵箱裏去，你仔細看一下，覺得還行的話，給我回個話。當然，你可千萬別把他和李老爺子相比就成了。」說到這裏，劉宇飛也是暗自一樂，笑道：「至於時間上的安排，如果你那邊沒什麼要求的話，過個三兩天，他應該就能動身去你那邊了，到時候我讓他給你電話。」

「行！」賈似道很爽快地應了一聲。李老爺子沒有辦法來臨海，賈似道的身邊又沒有什麼雕刻的好手，只能從「劉記」借一個過來了。誰讓「劉記」家大業大，而賈似道又兩袖清風呢？

「對了，他是一個人來，還是拖家帶口啊？」賈似道剛準備掛電話，卻忽然想到住宿的問題，總不至於讓人家也住到別墅去吧？

「人家就單身漢一個。要不然，誰願意去你那邊啊。」劉宇飛沒好氣地答了一句。

賈似道聞言，頓時一陣無言苦笑。

「你可以事先幫忙找個房子吧，也可以等他到了之後，讓他自己去找。」劉宇飛說，「還有，他的工錢還是從我們這邊『劉記』給的。」

賈似道剛想說這怎麼好意思呢，劉宇飛就塞過來一句：「你也先別忙著推辭，這可是我們這邊『劉記』的規矩，反正小許不會向你要工錢的。」

「真有你們的。」賈似道當然不相信「劉記」有這樣的規矩。說起來，這應該是劉宇飛在藍水翡翠上稍微償還自己一點人情。

「算了，到時候我自己和他說好了。」賈似道很快就明白了劉宇飛這麼做的原因。

「你和他說了也沒用。」劉宇飛一點兒也不擔心賈似道的打算，在電話那邊嘿嘿一笑，隨即似乎想到了什麼，對賈似道說：「不過，小賈，你真的想要出點血的話，其實也還是有辦法的。因為，小許只負責一般的翡翠飾品雕刻，借給你的性質，和普通員工一樣。如果你時常讓他加班的話，或許就有機會補償他了。」

掛掉電話之後，賈似道多少有些欣喜，這雕刻翡翠的人算是有了，接下來需要準備的，自然就是地方了。

直接在自己的別墅裏擺開架勢進行雕刻，那肯定不方便。賈似道琢磨著，可以找個小一些的工作室，或者乾脆就是周大叔「周記」後間的工作室，這樣的地方自然不難找，唯一需要考慮的，還是安全問題。

接下來要考慮的，自然就是拿什麼翡翠讓小許雕刻，這個也很頭疼，反正拿出帝王綠給小許試手，他是死活也不會捨得的。

心中略一琢磨，賈似道有了主意，他決定打個電話把阿三約出來聊聊。

猛一聽到賈似道已經從揭陽那邊回來了，可把阿三給高興壞了。賈似道下意識地問了一句：「即便我回來了，你也不用這麼興奮吧？」

阿三沒好氣地說了一句：「還不是被你賭回來的翡翠毛料給鬧騰的。我最近在臨海這邊的日子，實在是無聊透頂了。早知道這樣，我就跟你一起去廣東那邊賭石了。」

「別，你可千萬別！我可是聽說了，你小子最近墜入愛河了啊。」賈似道打趣著說，「怎麼樣，那女的合適嗎？我說，你要是跟著我去廣東那邊，豈不是壞了自己的終身大事，那我的罪過可就大了。」

「你怎麼知道的？」阿三有些愕然，怎麼也想不明白遠在廣東的賈似道怎麼知道自己的感情大事，他輕聲嘀咕了一句：「你該不會是聽康建那小子說的吧？」

「嘿嘿，誰說的你就甭管了。反正你可別指望一頓飯就把我給打發了。」賈似道淡淡一笑。即便他人在廣東，但是和康建這些狐朋狗友還是保持著一定聯繫的，雖然大家通話也不是很多。

「那是自然。」阿三訕訕地笑了一聲，隨即他就扯開了話題，把聊天內容重新轉移到賈似道的賭石上去：「不過，說起來，小賈，我還真沒想到啊，你竟然一口氣就賭了這麼多翡翠毛料回來，當時就把我和周大叔給嚇到了，這些毛料你應該花了不少錢吧？我已經按照你所說的，把它們都給運到周大叔的廠房裏去了。我們都等你回來開切呢。」

賈似道也只能笑著應了一句，不再多說什麼。只要是稍微懂一些行情的人，即便是阿三這樣的專注於其他類型古玩的年輕人，對於賭石的魅力，同樣是無法抵擋的。

「對了，小賈，這些已經運回來的翡翠毛料，是你從平洲那邊賭過來的吧？」阿三琢磨了一下，還是好奇地問了一句。賈似道自然是應了一句，電話裏有了片刻沉默，才傳來了阿三「嘖嘖」的聲音，說道：「看來，這回你玩的還真是大手筆啊！」

「大手筆？什麼意思？」賈似道一時間還沒怎麼明白過來。

「什麼意思？你這回是衝著揭陽翡翠公盤去的吧？」阿三問了一句，聽賈似道應了一聲「是啊」，阿三才接著說：「既然你能在平洲那邊，就賭回來這麼多毛料，那麼在揭陽翡翠公盤上，你也同樣有所斬獲啊！」

賈似道聞言，頓時嘴角就掛起了一絲笑容。

也許是感覺到了賈似道的笑意，阿三在電話那頭淡淡地說：「行了，我也不多說了，賭這麼大，我估計你自己心裏肯定有數。周大叔那邊的『周記』可吃不下這麼多料子。你要提早想辦法找銷路，周大叔還說，只春帶彩這麼一塊料子，如果順利出手，就足夠抵得了你進貨的錢了。我真奇怪，你小子最近的運氣怎麼這麼好呢……」

兩個人一個喋喋不休地說著，一個靜靜地聽著。不過，從阿三的話中，賈似道可以體會到，兩個人之間那種淡淡的猶如細水長流的情誼。不管怎麼說，阿三也是賈似道古玩一行的引路人。接著和阿三約好第二天在古玩街會面，就掛了電話，賈似道又和康建等人通了電話。

第二天週六，一大早，賈似道從地處城東的藍山社區趕往處於城市西面的古玩街，看著街上車水馬龍，賈似道就想著自己也該買輛車代步才行。

到古玩街的時候，儘管天色還早，但是露天的地攤卻已經是人來人往，川流不息了。聽著討價還價聲，有種熟悉的感覺在賈似道內心升起。正準備往那邊趕幾步，忽然他被邊上一陣珠子滾落地的聲音給驚到了。

在古玩街上出現這種聲音，不用說，肯定是有東西掉在地上了，這可不多見。賈似道心裏好奇，不禁轉過頭去看了一下。

原來，邊上是一個賣玉器、古錢幣、手鏈等小物件的地攤，一位看上去神情青澀的年輕人，手裏正拿著一條珠鏈，在仔細地察看著，從他的年紀和打扮來看，明顯是一個學生。這個年紀就出現在古玩街上，倒是不多見。

原來剛才這個學生模樣的年輕人，觀看珠鏈的時候，手中的珠鏈忽然就斷了線，珠子掉落到地上，四下滾開來。賈似道發現的時候，那年輕人正忙著從地上撿珠子呢。

不過，因為攤子就在街道邊上擺著，攤位前人來人往，加上這珠鏈上串聯的珠子少說也有十幾二十顆，這一散開來，想要收集本就不易，更倒楣的是，其中有一顆還被路過的人不小心給踩了一腳。待到年輕人把珠子全部收到手中的時候，那些珠子上沾了不少灰塵不說，有幾顆還因為是直接掉落到青石板上的，出現了些許裂紋，或者直接缺了一塊。

如此一來，原本還一臉笑容的中年攤主，忽然就變了一個人一樣，那肥肥的臉上硬是擠出了幾分怒色來，當即一伸手，把年輕人的衣袖給拽住了。

瞧他那兇神惡煞的模樣，想來是怕眼前的這位年輕人因為弄壞了他的珠鏈而不負責任地逃跑。賈似道不禁搖搖頭，在這古玩街上，即便東西被毀壞了，也不至於到動手的地步吧？

只見眼前這位中年攤主，對著攤位前的年輕人一臉慍色地說：「我這條珠鏈可是天然翡翠珠鏈，是我花了五千塊錢從雲南那邊進過來的，現在你給我摔壞了，你說該怎麼辦吧？」

賈似道聽完，眉頭頓時皺了起來。

而那位學生，手裏捧著從地上撿回來的珠子，整個人都傻了，甚至連和攤主爭辯的力氣都沒有了。這樣的神情，在邊上圍觀的一些人眼中，顯然是自知理虧的表現了。

「要麼，我們就喊那邊的警察過來，交給他們來處理；要麼，你就按照我進貨的五千塊價格，把這串翡翠珠鏈給收了去，算我自認倒楣好了，也不多賺你的錢。」或許中年攤主也知道年輕人身上不可能帶著五千塊錢現金，因此頗有些通情達理地說出了自己的建議：「如果你身上暫時沒有這麼多錢的話，可以先打個電話，讓你的家長把錢帶過來。」

這番有理有據的話，一時間倒是為中年攤主博來了不少喝彩聲。甚至邊上還有幾個人幫忙吆喝著，紛紛說著自己的看法。什麼小孩子看東西的時候不小心啦，什麼才這麼點兒大的年紀，不應該來古玩街這邊啦，等等。反正就是看熱鬧的人多，真心幫忙解決問題的人少。

這摔壞了的翡翠珠鏈，即便這位年輕人願意賠，總不至於攤主說要五千塊錢，就付五千塊錢吧？

賈似道掃視了邊上圍觀的人一眼，抿嘴淡淡一笑，然後走到年輕人的身邊，拍了拍他的肩膀，也不管他幾乎要哭出來的表情，伸手向他要了一顆翡翠珠子來看，特意抬手對著天空的方向，仔細地照了照。他心裏琢磨著，這東西倒的確是翡翠材質，不過顏色算不得純正，而通透度、質地就更不用說了，甚至是不是如同中年攤主自己所說的那樣是屬於天然的翡翠手鏈，只要隨便來個稍微懂點翡翠的人，都能當即就給否定掉。賈似道心裏不由得歎了口氣，對中年攤主頗有深意地看了一眼。

這五千塊錢的價格，就是赤裸裸的敲詐呀！

所幸這珠鏈是翡翠材質，要是其他材料的，是賈似道所不在行的，即便想要辨認一下，恐怕也要費一些工夫。除非找來阿三這樣能看出東西真假的人，否則，就是賈似道自己遇上這種事，也是棘手得很。

想到這裏是古玩街，以前他就聽說過不少「碰瓷」橋段，沒想到這次自己親眼見到了。

看到年輕人那微微有些泛紅的眼睛，賈似道就覺得自己有點心軟了。賈似道不禁躊躇了一下，最終還是對中年攤主說了一句：「老闆，這五千塊錢的天然翡翠珠鏈，恐怕是您記錯東西了吧。」

其中「天然」兩個字，賈似道可是狠狠地咬著重音說出來的。

說完之後，賈似道的注意力集中到了中年攤主的身上。說起來，這種閒事，要是和當事者沒什麼關係的話，大都不會去管的。這也算是這一行的潛規則了。

「碰瓷」就和「作舊」一樣，古來有之，只是「碰瓷」要比「作舊」蒙人來得更加卑鄙無恥一些罷了，甚至有時候，玩「碰瓷」還會用強的。

用玩「作舊」人的說法，那就是玩「碰瓷」的人，一點技術含量都沒有！

中年攤主詫異地看了賈似道一眼，那肥嘟嘟的臉上，似乎是因為驚訝而不由自主地顫抖了幾下，一雙小眼睛更是眯成了一條縫，也不知道在琢磨什麼。不過，賈似道也不介意他有什麼想法，自己是個本地人，就衝著這點，中年攤主是在古玩街擺攤的，他就不用去顧忌什麼後果。

這樣的人，人際關係太複雜了，雖然門路廣了，但是，若真要惹出點什麼事情來，以賈似道和老楊的關係，想要在臨海找到他，絲毫不困難！

另外，恐怕攤主老闆現在，也在心裏嘀咕著賈似道是什麼來頭吧？從賈似道的衣著來看，顯然是比較尋常的，絲毫看不出身分背景，而且年紀也不大。賈似道整個人雖然說不上富態，但是一言一行，卻也不像混跡社會底層的人，這還得歸功於最近這段時間，賈似道在賭石一行的揮金如土呢。

都是在古玩街上混口飯吃的人，中年老闆這點察言觀色的本領還是有的，而在這地方出現的人，也絕對不能以衣著、年紀來衡量實力。

說不定，攤位前走過一個穿得破破爛爛的老頭子，就是百萬富翁。

倒是剛才摔壞了翡翠珠鏈的年輕人，一看就知道是個新手，這樣的人比較容易定位，而他們也無疑是攤主小販們的最愛！

「俗話說，盜亦有道，出來混的，總是要還的。給別人留條活路，總比一路為難到底好吧。」看到中年攤主還在猶豫，似乎有點不甘心的模樣，雙方的氣氛也有些僵持，賈似道淡淡地一笑，意有所指地說：「有些事情，還是不要做得太過分了。」

中年攤主咬了咬牙，既然賈似道把話說到這種地步了，他也不能硬抓著年輕人的小辮子不放，轉身就對年輕男子沒好氣地說了一句：「今天看在這位朋友的面子上，就暫且饒過你這一次。你給個五百塊的成本費，趕緊給我走人。」

年輕人雖然還有點心疼，但是，從五千到五百，金額忽然間縮小了十倍，還是讓他有些心動。他對賈似道感謝了一番，隨後從口袋裏使勁地掏了掏，才摸出皺巴巴的五百塊錢來，遞給了中年攤主。

看著他那難看的臉色，賈似道還真怕他拿不出五百塊錢來，那就算賈似道有心想要幫忙，也沒法子了。

這串翡翠珠鏈的真實價值，自然是不到五百塊錢的。無非是中年攤主看到賈似道中途插手，又不想徹底浪費這麼一次敲詐的機會，給出的一個折中價格。以賈似道的判斷來看，這串翡翠珠鏈的進價，頂了天也就是百來塊錢！

看到年輕男子付了錢之後，圍觀的這些人，轉眼間就散去了。

中年攤主因為猜不透賈似道是什麼來頭，加上賈似道的話裏，也給中年攤主留下了迴旋的餘地，於是，欺軟怕硬的他就只能對賈似道妥協了。

「謝謝大哥你的幫忙！」臨走前，年輕人還對賈似道再度感謝了一番：「要是沒有你站出來出手相助，我都不知道該怎麼辦了。」

「呵呵，吃一塹，長一智，以後小心點就好了。」賈似道聳了聳肩，不在意地說：「就當是花錢買個教訓吧。」看著年輕人離開，賈似道的心裏還補充了一句：雖然這五百塊，對於年輕男子來說有點多，但是，既然想要入這一行，現在虧個五百塊錢，總要比往後被人訛五千、五萬來得好吧？

賈似道鬆了一口氣，一大早就遇到這麼件事，雖然已經被自己化解了，說不上晦氣，卻也算不得什麼好運氣。賈似道苦笑一下，繼續向前走去。

忽然他發現，自己跟前站著一位老者，此時正對自己點頭微笑。賈似道心裏奇怪，再看一眼，才發現眼前這位老者似乎有點眼熟。這人穿著一套藏青色的長衫，一隻手背在身後，另一隻手中玩轉著兩個健身球。

「馬老？」賈似道的腦海裏驀然閃過一幕。

第七章

白魔

「看來，我還是老嘍……」周富貴說著，
但眼神卻沒有離開過那塊翡翠原石。
對半切割開的切面上，竟然是白晃晃的一片。
只有周邊少部分的區域中，有淡淡的綠色表現。
「竟然是白魔。」周大叔說，
「還這麼大塊的區域，實在是可惜了。」

「哦，小兄弟認識我？」對方臉上的笑意似乎更濃了。

「您老的大名，我是聽說過的。經常在這一帶轉悠的人，哪個不知道您啊。」賈似道訕訕一笑，奉承了一句。

以前，賈似道就知道，這位馬老掛了省裏珠寶協會的一個職位，再加上馬老的家底頗為豐厚，為人也不錯，在古玩街這一帶，還是有一定影響力的。

畢竟，臨海就這麼大一點地方，玩古玩的，更是只有這麼一些人。聽了賈似道的話，馬老也不在意，只是贊了一句：「小兄弟剛才的處理方式，很不錯。聽你的口音，應該是這邊的人吧？」

「是的。」賈似道答道，「老家在白水洋。」

「看著有點眼生。」馬老笑呵呵地說，「好好努力。有時間的話，可以去我店裏坐坐！」

賈似道自然是連忙點頭答應，這也算是馬老認同了自己是行內人。說起來，這次與馬老的邂逅，對他也是一次極為難得的機會。要是賈似道想要在臨海玩古玩，一些場面上的人物，還是需要儘量去找關係拜訪一下的。

哪怕賈似道是從賭石一行起步的，本身和那些根深蒂固的古董玩家們沒有多大的交集。可是，又有誰會嫌自己的關係網太寬呢？

路上的小插曲剛被解決，賈似道轉過一個街角，就遇見了約好見面的阿三。阿三見面的第一句話就打趣道：「你小子，看來去了一趟揭陽，還真是吃了不少苦，瘦了不少啊？」

阿三走到賈似道的邊上，一手搭在賈似道肩膀上，小聲問道：「我說廣東那邊的女的怎麼樣？是不是比我們江南的要好一些？」

「去你的，沒個正經！你就不怕你家那位有什麼想法啊？」賈似道沒好氣地說了一句。

兩個人因為分開大半個月的那種隔閡感，也在這樣的打趣中，消失得無影無蹤！

隨後兩個人一起往「周記」走去。進了店門，賈似道才發現，店內竟然一個顧客都沒有，周大叔在看報紙，阿麗也在捧著一本言情小說看著，似乎很悠閒，待到阿三和賈似道進去的時候，臉上才有了幾分興致。

賈似道不由得看了阿三一眼，還帶著幾分詢問的意思。只是，阿三完全視若無睹，逕自走過去和周大叔交談起來，商量著準備一起去廠房那邊。

跟著周大叔一起，賈似道、阿三、阿麗一共四個人，在把「周記」關門之後，一起開車前往市區東面的廠房。賈似道這時候才發現，原來周大叔也有小轎車，是不太招搖的大眾車。

原本阿麗是要留在店裏看門的，但是一來週六客戶不多，二來，阿麗也想見識一下大場面的切石，眾人也就樂得讓她一起跟來了。

「小賈，我們今天可以切幾塊翡翠原石啊？」還坐在車上，阿三就有點興奮地問。

「你說呢？」賈似道淡淡一笑。

「應該可以多切幾塊吧。十塊，不，起碼二十塊……那邊的翡翠毛料可真不少。」不過，或許阿三也覺得自己說的話有些想當然，因此聲音也越來越低。賈似道馬上就對阿三翻了個白眼！

而坐在副駕駛座上的阿麗，此時也回過頭來，沒好氣地白了阿三一眼，說道：「阿三，你以為切石是切豆腐呢，還十塊二十塊呢。」

這話一出口，頓時讓開車的周大叔也呵呵一笑。接著阿三和眾人又調笑了兩句，看著阿三緊張的樣子，賈似道內心不禁感慨萬千。要是自己沒有這段時間的賭石經歷，恐怕與阿三也差不了多少。

要知道，在幾個月前，賈似道不要說參與翡翠切石了，就是面對普通的古玩，也是一副心驚膽戰的模樣。

廠房這邊，即便周大叔本人不在，也有不少工人在維持運作。

當賈似道四人到達的時候，可以看到，廠房內的工人們正在叮叮噹噹地敲打著石頭，有些在去皮，有的在切割，還有人在雕琢，賈似道略微掃了一眼，人數還不少，足有十幾個，整個廠房感覺還是挺熱鬧的。

而賈似道從平洲賭回來的那些翡翠原石，則全部都擺放在廠房盡頭的角落裏。

賈似道跟著周大叔一起緩步走了過去，遇到工人的時候，周大叔笑著和他們打著招呼。不過，阿三和阿麗到了這時，倒是有些急迫地快走幾步，衝向擺放翡翠原石的地方。大有一人先挑一塊翡翠原石出來，比比各自眼力的打算！

賈似道臉上不禁露出笑意。

周富貴大叔詫異地看了賈似道一眼，忍不住感歎道：

「士別三日，當刮目相看，出去闖一闖，的確是鍛煉人啊。我現在還清楚地記得，小賈你第一次來我店裏賭石時很緊張，現在看你鎮定自若的樣子，完全與先前判若兩人。」

「周大叔，我可沒你說的這麼好，其實我心裏也緊張的。」賈似道說道，「不過，先前在車上，我們說好一人挑一塊切開，看誰的運氣好，對於這一點，我心裏還是比較有把握的。」

「這倒是。」周大叔呵呵一笑，「誰讓這翡翠原石都是你賭過來的呢？」

既然翡翠毛料本來就是賈似道的，那麼他自己心裏肯定有數。要不然，賈似道購買這些原石回來做什麼？

周大叔轉頭問了一句：「對了，小賈，你一次性拿下這麼多翡翠料子，以後有什麼打算？」

「如果準備像上次那樣，我們『周記』可吃不下這麼多。而且，即便整個臨海，也沒有這麼大的市場。」

「這是當然。」賈似道點頭說道，不要說臨海了，如果賈似道隨後的兩批翡翠毛料相繼到來，就是整個浙江地區，也不是哪一家翡翠店鋪短時間內就能銷售出去的。不過，賈似道對於自己這些翡翠原石，並不急著出手。

在翡翠毛料這一行，現在的賈似道自然要比先前眼光長遠，而且犀利得多。即便這批翡翠料子一塊都不出手，放在手裏，屯個三五年，價值也能翻上一番。要知道，翡翠行業的飾品市場價格，幾乎是一路走高的！而在高檔翡翠中，這種純粹的利潤，更是很高！

因為賈似道並沒有向周大叔透露自己手頭的流動資金，才讓周大叔有目前這種擔心。

當然，即便如此，賈似道也不會自爆巨額財產，反而順著周大叔的話頭問道：「不過，周大叔，這個翡翠毛料，只要能切出極品翡翠來，還是有很高收藏價值的。我已經從廣東的朋友那邊借來了一個雕刻師傅，手藝肯定是沒話說。我準備先讓他少量雕刻一些翡翠飾品，到時候，估計還需要麻煩周大叔您了。」

「哦，你是說準備把做出來的成品，放在我們『周記』出售？」周大叔周富貴很快就明白了賈似道的打算。如此一來，雖然不是很快就能回籠資金，但總比收藏翡翠料子來得好。

以翡翠飾品的方式出售，和以翡翠料子的方式出售，其中的利潤又是天差地別了。

「是啊。」賈似道笑著說，「到時候，就按照規矩來提成好了。」

賈似道知道，在古玩街的店鋪中，其實有不少東西是別人放在那邊寄放代售的。只要達到貨主的心理價位以上，出手東西所獲取的利潤，古玩店會抽取一定的比例。

「對了，周大叔，我還準備在網路上搞網購，貼一些翡翠成品的圖片，您覺得怎麼樣？」

「這個，我這個老傢伙就不知道嘍。」周大叔一樂，「不過，你可以找阿麗問一下……」說著，賈似道和周大叔已經走到翡翠毛料堆的邊上。

此時阿三和阿麗已經在左挑右撿的了，看著兩個人熱切投入的模樣，賈似道就覺得一陣好笑。

「對了，周大叔，不如我們也趕緊上去選一塊？」賈似道提議道，「要不然，好的料子恐怕還真要被他們兩個給占了。」

「小賈，你這可就不厚道了。」

阿三聽到賈似道的話後，說道：「周大叔的眼力，自然要比我們好一些，至於你，就更不用說了。要是你們現在就過來和我們搶，那我們豈不是輸定了？所以啊……」阿三頓了一下，很大言不慚地說了一句：「還是等我和阿麗挑選好了之後你們再來吧。」說著，也不管賈似道和周大叔同意不同意，阿三繼續低頭尋找起來。

反倒是阿麗，這時說：「阿三，你好了沒有啊？我可是決定了，就這塊了。」說完，她還得意地拍拍眼前的翡翠原石，顯然，她對於自己選中的翡翠原石充滿了信心！

賈似道暗自好笑！

因為事先說好，大家挑選的範圍，就是賈似道從平洲賭石市場那邊挑選出來的翡翠原石，一共也就是三四十塊，個頭都不算很大。那批賈似道跟著王彪一起，從老湯家裏賭過來的翡翠原石，並不算在裏面。

很快，阿三也認定了一塊，從翡翠原石堆裏抱了出來。

賈似道這才和周大叔不慌不忙地上前察看起來。

賈似道沒有阿三這般考慮，很隨意地選中了一塊，既沒有用特殊感知能力探測，也沒有選自己印象深刻的，就算搞定了。

而周大叔，也沒用兩分鐘，就選好了自己的目標。

一時間，四塊翡翠原石，放置在四人的腳前，一目了然！

當賈似道準備開工切石的時候，阿三搶先道：「小賈，你真的確定，現在就把這幾塊翡翠原石都給直接切開來？」

「是啊，怎麼了？」賈似道有些好奇地問。

「小賈，阿三的意思是想要問問看，我們是不是在開始切石之前，先來個擦石，把表皮擦進去一些再做打算。」周大叔倒是有些明白阿三的話的意思，「不過，如果你已經決定，是自己來做翡翠明料的銷售，或者是準備做成翡翠成品來出售的話，那麼現在就進行切石也無妨。」

「對啊，這還得看小賈你自己的決定。」阿三在邊上附和了一句。

賈似道聞言頓時心下了然。別看阿三剛才表現得非常雀躍，但是現在，倒是顯出他的穩重來了。好在，賈似道對於眼前這些翡翠原石，本就是準備全部切開來再出手的，即便其中有幾塊原石內部的翡翠質地並不怎麼樣，也在賈似道意料之中，畢竟他要進行的翡翠雕刻，自然不能全部都用極品翡翠料子來試手。

但讓賈似道鬱悶的是，許志國這個翡翠雕刻師傅即將到來不說，現在四人所挑選的翡翠原石，按照他的預測來看，四塊翡翠原石竟然有對半的機率，能夠切出豆種、冰種這樣質地的翡翠來。

這樣的機率，相對於賈似道以往的切石成績來說不算什麼，但要是呈現在阿三等人面前，那可就震撼了。

「沒事，這事我已經和周大叔商量過了……」說著，賈似道把許志國要來的事告訴了阿三。阿三聽完，這才佩服賈似道考慮周到。

不過，在會心微笑過後，阿三拍了拍賈似道的肩膀說：「我說，小賈，咱倆的關係怎麼樣？」

「去，有什麼事情趕緊說。」賈似道一把把他的手給拂了下去。

阿三訕訕地收回手，說道：「算你狠！既然你打算把這些翡翠原石全部給切出來，而今天又不可能切很多塊，尤其是那邊的……」

說著，阿三的眼睛瞟了瞟賈似道從老湯那邊賭過來的幾塊翡翠原石，尤其中間那塊個頭比較大的，非常顯眼。賈似道心裏明白，那是自己花了四百萬價錢賭過來的，有很大機率切出紫色翡翠。

「你想一起參與那邊幾塊翡翠原石的切石，是吧？」賈似道有點好笑地看了阿三一眼，說道：「那也行，不過，我有什麼好處呢？」

說起來，同樣是切石，但是切不同的翡翠原石，所帶來的刺激和感觸也是不同的。

在賈似道事先的囑咐中，自然是有主次區分的，阿三早就盯著那幾塊與眾不同的大原石了。很明顯，這幾塊翡翠原石賈似道是花了大價錢或者比較看好的。這種級別的翡翠原石切割，那才叫刺激呢。

估計賈似道人還沒回到臨海的時候，阿三就已經打上這幾塊翡翠原石的主意了。

「好吧，你說你想要什麼樣的好處吧？」聽到賈似道開門見山地討要好處，阿三很無奈，讓賈似道爽快點開出價碼來。而邊上的周大叔，卻好笑地看著阿三和賈似道，又瞥了一眼阿麗此時的表情，也正莞爾微笑。

「這個，我暫時還沒想好。」賈似道下意識地摸了摸自己的鼻子，說道：「不然，等我想到了再說？」

「怎麼，你還琢磨著以後呢，難道你準備讓我欠一輩子的人情啊。」阿三聳了聳肩，「我可不幹。」

「這樣，不如我來做個中間人，給你們倆建議一下如何？」看到如此情景，邊上的周大叔忽然心裏一動，說道：「剛才小賈也說了，想要把這些翡翠原石切割開來，雕刻成翡翠飾品再出手。這其中的利潤，大家也肯定都很清楚，但是，要是只靠別人的店鋪出手，數量自然不會很多，而且還會被店鋪分掉一部分利潤……」

「那周大叔您的意思是？」賈似道隱隱感覺到，似乎周大叔要說的，還真比較符合自己的現狀。

「自然是你自己開個店鋪了。」周大叔笑著對賈似道說。

「那關我什麼事？」邊上的阿三倒是贊成賈似道自己開店，不過，現在兩人之間似乎並不是針對賈似道開店不開店的問題，而是他阿三能幫得上什麼忙。

「店鋪。」周大叔輕輕地吐出兩個字。

阿三聞言微微一愣，疑惑著問了一句：「讓我給小賈找個店鋪？這個很容易，隨便去個商場什麼的，只要有錢，還怕沒位置啊。不然，就找個街邊的店鋪。至於執照什麼的，小賈你放心，這個我很快就可以幫你搞定。」

一邊說，阿三還一邊拍了拍胸口，似乎那些開店鋪的所有準備，在阿三看來都輕而易舉。

說到開店鋪，周大叔正好想起來，古玩街上有一個位置要騰出來。

周大叔一說，賈似道也想起了那家店鋪的位置，心裏也很滿意。

「行，那就先謝謝周大叔您了。」賈似道感謝了一句，「不過，對於是不是要開店，還開在古玩街，我還需要再仔細考慮一下。而且，這店鋪出售的東西以及執照什麼的，還需要長時間的準備呢。」

「這個你可以慢慢考慮。」阿三在邊上插口說，「再不濟，還有我嘛，在那一帶，只要是正常範圍內的事情，不是我吹，很少有我搞不定的，不過，小賈，那切石……」

「剛才我那要好處的話，不過是逗你玩而已。你還真當真啊？」賈似道沒好氣地說，「只要你有時間，我當然不反對。」

「那就好，那就好。」阿三嘴裏開心地應道，不過，心裏還是對古玩街那家剛剛準備盤出去的店面上了心。不光是為了讓自己參與到賈似道的切石中，就算不為這一點，以他和賈似道的關係，能幫一把的事情，他自然不會推辭。

接下來，四個人都拿來了各種工具，開始切石了。

賈似道覺得，這麼幾塊翡翠原石，只要察看好表皮的表現，判斷出大致的情況之後，畫好線，直接切開就行了。但是，對於周大叔三人來說，卻做不到他這樣隨意，每個人在下刀之前，都是小心翼翼的。

周大叔採取了最穩妥的方式，先擦石，然後看能不能擦出翡翠的質地來，由此來決定切石，把握自然要大上幾分。畢竟一般的切石，也都按照這個程序來。

阿三和周大叔的選擇有點類似，只不過，阿三的擦石動作、選位，都和周大叔有些差距，很明顯這就是經驗和眼力上的差距。

倒是阿麗的舉動，讓賈似道看到了一種女中豪傑的姿態，她選擇直接切開，這份勇氣，即便賈似道一次賭石的時候，也有些比不上。

看到阿麗已經在切石，賈似道並不急於自己動手，反而饒有興致地看著她動手。

連正在專心致志擦石的周大叔，在聽到阿麗所切割出的「滋滋」聲之後，也詫異地看向阿麗這邊。隨即他下意識地看了賈似道一眼，待見到對方的臉上不但沒有絲毫生氣的表情，反而帶著笑容的時候，周大叔不禁感歎地嘀咕了一句：

「看來，我還是老嘍……」

周富貴自言自語著，他的眼神卻也沒有離開阿麗面前的那塊翡翠原石。只見在對半切割開來的切面上，竟然是白晃晃的一片。只有周邊少部分的區域中，才有淡淡的綠色表現。

「竟然是白魔。」周大叔說，「還這麼大塊的區域，實在是可惜了。」

如果是一般的翡翠原石，切割開來，即便滿眼都是「白魔」也很正常，畢竟，這是高風險的賭石，如果每一塊切割出來都是翡翠，那也實在太幸運了一些。只是，阿麗選中的這塊翡翠原石，雖然切割出來是白茫茫的一片，但是，那質地與普通石頭的質地，還是有很大的差別。

切片的區域上，大都是白色的翡翠，而且質地還很不錯，基本都是豆種級別的，唯一可惜的就是顏色不夠出彩，綠色的部分實在是太少，而且分佈不均勻，讓整塊翡翠原石的價值直線下降。

也難怪周大叔的嘴中要說一句「可惜」。當然，在周大叔說出這話之後，心裏卻也安定了不少，看著阿麗的眼神，還有點生氣的感覺。

周大叔說道：「阿麗啊，你看看人家阿三，做得多好啊？你這麼一刀下去，是學不到什麼東西的。而且，萬一這塊翡翠原石中，有很好的翡翠，你這麼一刀下去，豈不是破壞了翡翠？」

阿麗聞言，也一陣後怕，略一思索就明白過來了，自己還真是有點心急了，不禁對周大叔吐了吐舌頭。那俏皮的模樣，像個還沒長大的孩子。

賈似道看著這般情景，心裏粲然一笑，其實在阿麗選出那塊翡翠原石之後，賈似道就知道這塊原石內部的質地情況。要不然，即便賈似道再怎麼有錢，也不會讓阿麗沒事切極品翡翠原石玩。

「小賈，快來看啊。」邊上一直全神貫注的阿三，忽然驚叫了一聲。一時間，賈似道、周富貴、阿麗三人，都紛紛探著腦袋，去察看阿三的翡翠原石。

「好傢伙，還真是好東西啊。」

周大叔眼尖，一眼就看到了阿三擦石擦出來的部分，竟然是一條俏陽綠的翡翠色帶，且不說質地怎麼樣，就光是那盈盈的綠意以及站在邊上就能感覺到的通透性，就足以說明這塊原石的價值了。

「讓我看看，讓我看看……」聽到周大叔的話之後，最興奮的不是阿三這個擦石的人，也不是賈似道這個翡翠原石的主人，而是剛剛切垮了的阿麗。只見她推了周大叔一下，整個人擠了進去，湊到了原石的邊上，認真地察看起來。

「竟然是冰種呢。」阿麗用手摸了摸，特意從邊上的水盆中撩了一點清水，在綠色帶部分仔細地洗了一下，如此一來，翡翠原石的質地頓時清晰可見了。

「小賈，你怎麼不過來看看？」阿三的臉上，洋溢著一絲得意之色，說道：「該不會是看我切出了好翡翠，你心裏不服氣吧？我可告訴你，你就只能切自己跟前的這一塊，不能偷偷換成別的哦。」

「你還是琢磨琢磨，接下來怎麼切吧。」賈似道沒好氣地說了一句，聳了聳肩。

說起來，一塊翡翠原石能擦出綠色帶來，還是眼前這種一線綠的情況，如果到此為止的話，自然是大漲。不過，到目前為止，依然還有很多種選擇。

比如，是完全根據這條色帶來切割，還是按照正常的方式，一點一點地解剖進去，又或者乾脆為了安全，把整個原石都給擦一遍，到時候再做決定，在不同的情況下，自然會有不同選擇。

如果現在大家在賭石市場上切石，又想儘快回收資金的話，自然是立即停手，直接轉手出去，這是最佳的選擇！

這樣一來，既回籠了資金，同時還可以把切石的風險轉嫁給他人，說到底，原石內部的真實情況，目前還不能一錘定音。

「周大叔，你說我接下來該怎麼辦？」想到了接下來的麻煩，阿三也不逞能，詢問起周大叔來。

「小賈，你說呢？」周大叔對翡翠原石察看了良久，站起身來，問賈似道：「我感覺這塊翡翠原石的情況還不是很明朗，雖然現在的表現很不錯，但是，如果繼續擦的話，又擔心破壞了現在良好的表現，真有點棘手。」

「老爸，你怎麼說喪氣話啊？」賈似道還沒回答，阿麗倒是說了一句。「現在翡翠原石的表現不是很好嗎？為什麼不直接切進去看看呢？要是整塊翡翠原石都是冰種俏陽綠，那該值多少錢啊！」

周大叔說道：「你個小丫頭，就知道切切切，不是我說什麼喪氣話，而是一塊翡翠原石，如果擦石擦垮了，那自然只有繼續進行切石，算是孤注一擲，搏一搏。」

「但要是擦石擦漲了，可選擇的彈性，就大了許多。如果你想要賭石，而且在賭石一行有所發展的話，適當地保持住自己的好奇心和鍛煉出自己的耐心是很有必要的……我說的對吧，小賈？」這最後一句，自然是衝著賈似道說的。

「呵呵，周大叔所說可是金玉良言。」賈似道點了點頭。

「這塊翡翠原石，我也認真看了一下。」

賈似道走到原石邊上，伸手在翡翠原石的色帶部分摸了摸，才接著說：

「這條色帶的出現，無疑是鼓舞人心的，如果現在就出手，估計三四十萬應該沒什麼問題。相對於我的收購價來說，自然是賺了不少。」

「那小賈，你的收購價是多少啊？」阿麗似乎對於這一點非常在意。

「呵呵……」賈似道心裏一樂，顯然理解阿麗的好奇，剛入賭石一行的人，幾乎每一個人都對數字比較敏感。

「具體的我記不太清楚了。不過，阿三這塊和你剛才切割的那一塊，應該差不多一樣價錢，在五到八萬之間。」

「那不就是說，這塊翡翠原石，現在就已經賺了二十萬了？」阿麗不禁感歎一聲，「這賭石賺錢還真是容易啊。」

賈似道卻沒好氣地白了阿麗一眼，說道：「那你怎麼不說，你切的那一塊，我虧了三四萬呢？」

「總的來說，你還是賺了不少的嘛。」阿麗輕聲嘀咕了一句。不過，對於此刻阿麗表現出來的神情，周大叔點了點頭，只有經歷了切垮賭漲，明白了賭石的風險，一個人才真正開始深入瞭解賭石這個行業。

阿麗見到阿三賭漲，流露出的那份雀躍情緒，被周大叔觀察到了，他之前心裏還有些擔心阿麗會萌生去賭石的衝動。畢竟，這是一個暴利的行業，對於任何一個人，尤其是年輕人而言，無疑是非常具有誘惑力的。

他周富貴，在玩古玩的同時，不也偶爾會去賭一下翡翠原石嗎？

不過這種擔心，隨著賈似道的話逐漸消失了。賈似道很好地根據兩塊翡翠原石進行對比，頓時打消了阿麗內心的衝動。對此，周大叔暗自在心裏感謝了賈似道一番！

「小賈，那你說，這塊翡翠原石我該怎麼辦？」阿三詢問道，「是繼續擦下去，還是切割，還是就此停手？」

「還是繼續擦下去吧。」賈似道說，「要是我說現在就停手的話，豈不是掃了大家的興致？」

「那就好。」阿三聞言，頓時又信心百倍地開始擦了起來，雖然先前說過，大家可以對自己挑選出來的翡翠原石做主，但是，真到了能切出好翡翠時，最終說得上話的，還是賈似道自己。

「小賈，你就不考慮一下，就此收手？」邊上的周大叔站在賈似道的角度說了一句，「這興致不興致的，大家心裏都很清楚，也不會真的在意，主要還是以翡翠原石的價值為主，能賺錢才是最重要的。」

「呵呵，周大叔，沒事，讓阿三繼續擦石吧。」賈似道說，「我並不打算出售翡翠原石，連翡翠明料都不一定會出手，你們剛才不也說了嗎，說不定，我還真就開個翡翠店鋪。至少可以安穩下來，有個自己的事業不是？」

「那就隨你了。」

周大叔聞言點了點頭。說著，他也擦起了自己那塊翡翠原石。說起來，周大叔挑中的這塊翡翠原石，起初的擦石並不顯眼，原石的表現也不顯山不露水，但是，當周大叔把一整圈的表皮部分都給擦出來之後，整塊翡翠原石的表現，就逐漸好起來了。

「老爸，你這塊翡翠原石，竟然不比阿三那塊差啊。」阿麗在阿三那邊看了一會兒之後，就轉到了周大叔這邊。

在察看翡翠原石的眼力上，阿麗無疑是個外行，但是，對於翡翠的判斷，卻還有些門道。怎麼說，人家也是銷售翡翠飾品的，知道市場上不同翡翠質地之間的價格差異。

「看來，你老爸我的運氣還不錯呢。」周大叔也樂呵呵地一笑。

「那是。」阿麗附和了一句，「也不看看是誰的老爸。」

兩個人對視一眼，頓時樂呵呵地笑成一片。

「對了，老爸，接下來是要切石了嗎？」阿麗說著，抬頭看著周大叔，見到老爸點頭，她趕緊起身，從自己原先切石的地方拿工具去了。

「呵呵，這丫頭。」周大叔不由會心一笑。阿三能切出一塊好的翡翠來，他周富貴同樣也可以，否則被比下去，豈不是很沒面子？

第八章

寧買一條線，不買綠一片

在色帶和片綠之間進行對半切割呢，
還是按照色帶的走勢切割，不去管片綠的厚度？
賭石行業中流傳的「寧買一條線，不買綠一片」，
說明了，在翡翠原石的表面部分，
不看好「片綠」的存在，反而在意色帶的出現。

「工具來嘍。」阿麗推著切割機，來到周大叔的身邊。這些工具，嚴格說起來，並不是很專業的切割翡翠原石的工具，但是暫時應付一下目前的切石還是沒問題的。

此時，周大叔已經趁阿麗去拿切割機的時候，在翡翠原石上畫好了切割線條。另外一邊的阿三，這會兒也擦得差不多了，正準備切石，見到周大叔的舉動，也走過來觀看。

隨著「滋滋」聲響起，周大叔和阿麗的眼中充滿了期待。

待到切割機的「滋滋」聲戛然而止，眾人抬眼望去，發現只是邊上薄薄的一片。

周大叔伸出手去，用小扳手輕輕一敲，另外一隻手小心地把原石切片給掰了下來，然後低頭仔細一看，臉上頓時浮現出一絲笑意。

「怎麼樣？」阿麗當即問了一聲。

「很不錯。」周大叔答道，「冰豆種的淡綠翡翠，算是中檔料子。而且顏色比較均勻，含量比較多，從切面來看，內部的雜質應該比較少，漲了。」

說到最後「漲了」兩個字時，周大叔的聲音明顯帶著激動的顫抖。

也難怪他這麼激動，能從賈似道這堆翡翠原石中，挑選出一塊，並且切漲了，就已經足以證明周大叔的眼力了！

看到阿三還在察看切面的情況，周大叔不禁笑著說了一句：「阿三，你小子，還不趕緊去切你那一塊？」

「哦，對，對！」阿三忙站起身來，一邊感歎著周大叔的運氣，一邊期待著自己的切石，說道：「周大叔，能不能幫個忙啊，我那邊的原石，似乎出現了一點意外的情況，我自己有點拿不準，還麻煩您給把把關。」

「哦？是什麼情況？」周大叔聞言，心裏好奇，趕緊放下自己手裏的翡翠切片，走向阿三那塊原石，蹲下身來，仔細看了看，思索了一陣，也皺起了眉頭，抬頭看著賈似道，竟然還打量著他自己那塊翡翠原石，不禁心裏好笑，大聲喊道：「小賈，你就先別忙活你那一塊了，還是到這邊來看看。要是沒你允許的話，我們還真不敢下手呢。」

阿三挑選的這塊翡翠原石，之前擦出了一條冰種俏陽綠翡翠色帶，當時眾人還是意外的，但是此刻，當阿三擦拭完整塊翡翠原石時，在俏陽綠色帶的另外一端，卻出現了片綠的翡翠，這個轉折讓他們有些措手不及！

更讓人棘手的是，整塊翡翠原石，除去擦拭出來的色帶和片綠這兩部分，其他區域能看到的，竟然全部都是石質。這樣也為接下來的切石增加了不少難度。

到底是在色帶和片綠之間進行對半切割呢，還是按照色帶的走勢切割，不去管片綠的厚度？

賭石行業中流傳的「寧買一條線，不買綠一片」，已經很好地說明了，在翡翠原石的表面部分，大家並不看好「片綠」的存在，反而在意色帶的出現。

所以，以阿三和周大叔的選擇，切石的時候，自然是以色帶這部分為主。

但是由於這塊翡翠原石的主人是賈似道，所以，在決定之前，周大叔覺得很有必要請賈似道自己來定奪一下。

賈似道走到翡翠原石的邊上，打上強光手電筒，仔細看了看「片綠」這個地方，試圖看清楚這片綠究竟有多厚。

整片綠意，看著雖然喜人，卻顯得有些雜亂。一端稍好點的質地，勉強夠得上冰豆種，而另一端則遜色不少。至於通透性，也很一般，壓根兒就看不到原石深處。

「怎麼樣？」阿三在邊上有些著急地問了一句，「是不是先以色帶為主進行切割呢？」

「以色帶為主進行切割的話，要是這片綠部分厚到一定程度，顯然會浪費很多料子。」賈似道說，「而且，色帶這邊……」

「周大叔，你怎麼看？」賈似道也覺得這塊原石情況複雜，轉頭詢問道。

「我覺得還是小心一些，以色帶為主比較合適。」周大叔考慮了一下說道，「畢竟，這邊片綠部分，不管顏色還是質地，都沒有色帶這邊出色，行業內流傳的一些老話，還是值得借鑒的……」

「這樣吧，讓我再看看。」賈似道的眉頭微微一皺，說道：「你們幾位，不妨先把周大叔挑選的那塊原石給徹底解剖出來。」

「也好。」阿三還想說什麼，周大叔卻拉了他一把，帶著阿三和阿麗離開。

周大叔三人離開之後，賈似道重新對這塊翡翠原石察看起來，是不是應該用特殊感知能力來探尋一番呢？

賈似道猶豫著，眼睛看著色帶部分，手裏打著強光手電筒，倒是看出一絲端倪出來。整條色帶部分，在一點點滲入翡翠原石內部的時候，似乎在逐漸變小。

還是有點不放心自己的判斷，這時賈似道也不再藏著掖著了，不運用特殊感知能力，是可以鍛煉自己的眼力，但是，當一個新判斷出來，賈似道還是希望用特殊感知能力來確定一下，究竟是對還是錯。

賈似道毫不猶豫地把左手放在色帶部分之上。那種冰種質地的感覺，很快就充斥在賈似道的腦海中。不過，緊接著，賈似道的臉上就露出了微笑，原來原石內部的冰種質地隨著特殊感知能力的滲入，在逐漸變小，最後徹底消失。這個過程，可以說非常突然。

面對這種狀況，賈似道並沒有覺得鬱悶，反而露出了微笑，因為這說明了他之前的判斷是正確的。

緊接著，賈似道又把自己的左手放到了「片綠」部分。想必，自己的直覺能對了一次，也應該能夠對兩次吧？當特殊感知能力逐漸蔓延開來的時候，賈似道臉上的笑意更濃了。

正如賈似道所預料的一樣，這塊翡翠原石的內部情況有點兒複雜，要是按照以往的經驗來切石，恐怕還真有些得不償失。雖然在片綠的那一端，的確如眾人所想是靠皮綠，而色帶部分的翡翠，也正如大家所預期的那樣，是滲入到原石內部的。

只不過，片綠部分的靠皮綠，要比以往看到的那種厚得多，而色帶部分的翡翠，則要比以往經驗中的薄得多。

當賈似道把左手收回來的時候，都很難相信，那樣的厚度會是「靠皮綠」翡翠中所能出現的，由此可知賈似道對於這塊翡翠原石的期待。

「阿三，這邊切得怎麼樣了？」賈似道走到周大叔三人的身邊，看到周大叔正在動作嫻熟地解剖，阿三和阿麗則站在邊上幫忙，便出聲問了一句：「能看出整塊翡翠原石的大致情況不？」

「小賈，你快來看啊。」阿三聞言，頭也不抬地說：「真是沒想到，這樣的一塊翡翠原石裏，竟然能切出這麼水靈靈的翡翠來。」

賈似道探頭看去，整塊翡翠原石已經被周大叔切了很多刀了。

每一處下刀的位置，以賈似道的眼光來看，是很老辣的，完全是根據翡翠原石內部翡翠的走勢來進行切割的。上層表皮和下層表皮部分，都用小型角磨機給一點點地解剖出來。而周邊部分，則是用切割機把整塊原石切割成了一個多面體。

可別小看這種形狀，這時候只需要把表面的石質部分一點點剔除，就可以最大限度保留整塊翡翠原石的價值。

這樣的切割技法，若不是周大叔長年玩石頭，還真切割不出來。

哪怕是現在的賈似道，依靠特殊感知能力來對整塊翡翠原石進行預先探測，了然於胸之後再進行切割，恐怕也就只能做到這個程度了。

看著周大叔那興致勃勃的樣子，賈似道忍不住感歎了一句：薑還是老的辣啊！

或許是因為切漲的緣故，周大叔的心情很不錯，看到賈似道過來，他欣喜地說：「小賈，按照大叔我的眼光，你這批散亂堆放著的翡翠毛料，恐怕要花個兩三百萬吧？現在只切了兩塊而已，阿麗那塊算是切垮了，但是我這塊還是很值得期待的。要是能再切割出三塊和眼前這塊類似的原石，這一次你的本錢就能賺回來了。要是有個四五塊的，就能賺不少呢。」

「呵呵，周大叔說得是。」賈似道點了點頭。兩三百萬？那散亂堆放的原石的確是以這個價格從平洲賭石市場上賭過來的。而眼前這塊翡翠原石，當周大叔把翡翠部分完全解剖出來的時候，賈似道可以看到，中間略微有些是屬於冰種質地的，顏色還不錯，但是，想要充做冰種翡翠來出售，個頭還是小了一些。

想要單獨挖出那一點點冰種翡翠來，工藝上實在是太麻煩了，還會破壞整塊翡翠料子的完整性。

但是，整塊翡翠原石切出來的翡翠質地，基本都在冰豆種級別。要是不去考慮那點冰種，雕刻出幾個冰豆種的翡翠擺件來出售，市場價格倒也能賣個四五十萬。當然，這需要技藝高的工匠來雕刻，也需要合適的店鋪來銷售。

賈似道估算了一下，要是按照翡翠明料的方式來出售，這麼一大塊翡翠，或許只能出售二十到三十萬。這中間的利潤差距，無疑被翡翠飾品的製作商和銷售商給占了。想到這裏，賈似道的心中，更加期待許志國的到來，甚至對周大叔所提到的那個古玩街店鋪也倍感興趣起來。

「對了，小賈，我挑選的那塊原石怎麼樣了？」周大叔停下手上的角磨機，站起身來，敲了敲自己的後腰，阿麗趕緊上去幫著捶了幾下，而阿三自然重新關注起自己挑選的翡翠原石來了：「是不是已經決定好了？」

「嗯。」賈似道點了點頭，「本來我是打算讓周大叔來切的。不過，現在嘛……」賈似道看了周大叔一眼，才接著說道：「還是我自己來好了。阿三，你沒意見吧？」

「沒意見。」阿三當即搖了搖頭。

周大叔的切割過程讓阿三獲益匪淺。翡翠原石的切割，可不僅僅是體力活，還需要有一定的眼力，要做到對整塊翡翠原石有很正確的判斷才可動刀。否則，即便是同一塊翡翠原石，讓不同的人來切割，其價值差距也可能達到幾千、幾萬，甚至幾十萬。

既然賈似道這麼說了，阿三自然不會和賈似道去爭著切石了。

「走，我們去那邊看看。」周大叔看到阿三和賈似道一起走向那塊準備切割的原石，便和阿麗說了一聲，同時雙手伸展，做了幾下擴胸的運動，然後才和阿麗一起跟了過去。

剛一過去，就看到賈似道竟然把切割機的砂輪對準了整塊翡翠原石大約三分之一的位置，周大叔就是一愣。不光周大叔，就連先前推著切割機過來的阿三，也傻眼了。

「小賈，你沒放錯位置吧？」阿三問了一句。這三分之一部位，要是靠近「片綠」那邊，倒也罷了，但是，這竟然是靠近色帶部分，這就叫人吃驚了。

「當然沒放錯。」賈似道笑著說，「恐怕你們都沒有想到，這色帶部分會呈現越來越小的趨勢吧？」說著，也不管二人的驚訝，很自然地開動了切割機。當「滋滋」聲響起時，阿三和周大叔也只能睜大眼睛，期待著切石的結果了。

待到砂輪停止轉動，賈似道把兩個半塊的翡翠原石各自翻了過來。

只見兩個切面上，都是慘白一片，那白森森的感覺，如果沒有心理準備的人看了，肯定會湧上來一陣悲哀和沮喪。阿三看到這裏，頓時一臉苦澀，阿麗也忍不住嘀咕道：「怎麼會這樣呢？」

「那還會是怎樣？是不是很期待切出來之後，裏面出現一段冰種俏陽綠翡翠啊？」賈似道不禁對阿麗莞爾一笑，「其實我也希望是這樣。畢竟，只要冰種俏陽綠翡翠部分能稍微長一些、粗一些，能夠切出翡翠手鐲來，恐怕僅僅是這麼一塊原石，就足夠抵償我所有的本金了。」

「小賈這話說得實在。」周大叔贊同地點了點頭。說著，他特意去看了看表皮有色帶的那半塊原石。

仔細看完，周大叔忍不住感歎了一句：「小賈，真是好眼力。難怪你能在短期內就獲取如此高的利潤。看來，你天生就是吃這行飯的。」

這話說得賈似道多少有些不好意思了。

接下來，賈似道分別針對兩個半塊的原石，進行再一次切割。

雖然賈似道的動作比起周富貴來，的確還顯得稚嫩。但是，在阿三和阿麗看來，卻遠要比他們嫻熟得多，阿三還感歎了一句：「莫非，真的只有入行，交易多了，實踐多了，才能更好地掌握行業內的技術呢？很難想像，小賈，你幾個月前還是什麼都不懂的外行人呢。」

「呵呵，你這話一點兒都沒說錯。我也就是切的翡翠原石多了，才有了現在這麼一點技術。但是，和那些賭石行的大家比起來，我這就只能算是皮毛了。」賈似道一邊用角磨機對著帶色帶的那小半塊翡翠原石進行解剖，一邊解釋道：「不過，要是換在瓷器的收藏上，那我和阿三你比起來，就是天差地別了。」

「那倒是。」賈似道即便在賭石上風生水起，但是，有些東西不是依靠運氣和努力就能成熟的。比如收藏瓷器的眼力，就需要長年累月的積累以及需要眾多珍品瓷器的上手把玩，這些都是賈似道暫時不具備的。

「阿三，你可別得意，我看，過個三五年，你要是還像現在這樣遊手好閒，我估計小賈在瓷器的收藏上也能超過你呢。」看著阿三有點吃癟的樣子，阿麗似乎有些幸災樂禍：「要是我也把玩幾件瓷器，說不定早就能超過你了。」

「切，誰信啊……」阿三沒好氣地白了阿麗一眼。

兩個人彷彿玩家家酒般打鬧在一起。賈似道哭笑不得地聳了聳肩，繼續自己的切石工作，而邊上的周大叔對此也顯得很無奈。

「咦，這裏面的翡翠，還真的才這麼一點。」雖然阿三和阿麗打鬧著，但是他的眼神一直都在關注著賈似道的切石。

賈似道不管阿三的感歎，把手中已經解剖得差不多的翡翠原石給周大叔遞了過去，說道：「周大叔，你來看看吧。」

這種已經解剖出來的翡翠原石，其中的翡翠質地已經非常明顯了。因為眾人先前都認真察看過翡翠原石，再和真實情況一比較，只有這樣相互結合，才能將每一次的切石轉化為自己的經驗。

「老爸，快拿過來讓我看看。」阿麗見周大叔把翡翠原石捧在手中，打量許久都沒有放下來，不禁嘟囔一聲，從邊上搶過了周大叔手中的翡翠原石，認真地看了看，眉頭微微一蹙，說道：「質地水頭倒是不錯，俏陽綠的顏色也很純正，就是個頭兒小了點。做手鐲是不可能了，應該能切出兩個大一點的戒面來。」

「呵呵，知足吧。」周大叔倒是心情頗為平靜，說道：「能切出這麼一點來，就能抵得上整塊翡翠原石的價格了。說不定，完全打磨出來之後還能小賺一筆呢。何況，那邊不是還有片綠部分嘛。」

「這麼說來，阿三挑選的這塊翡翠原石，也切漲了？」阿麗憤憤地說了一句。到現在為止，挑選出來的四塊原石，已經切了三塊，就她那一塊切垮了。

「那是，你以為我們都和你一樣，這麼沒眼光啊？」這一次，輪到阿三有些幸災樂禍了。

阿麗輕哼一聲：「那邊不是還有一塊翡翠原石沒有切出來嘛。」說著，阿麗看了看賈似道挑選出來的那塊翡翠原石，那是眾人挑選的四塊原石中個頭兒最小的，模樣看上去也非常不起眼。要是平時，估計也就是邊角料了，放在翡翠毛料堆裏都不會有人注意。

只是，因為這塊翡翠原石是賈似道挑選出來的，這讓阿麗在說話的時候，聲音不由得越來越輕，說到最後，就連她自己都不太相信，賈似道會因為打眼而切出一塊廢料來。

對此，周大叔和阿三自然是雙雙給了阿麗一個白眼。

而賈似道卻依舊在切割著帶片綠的這半塊翡翠原石。因為對於原石內部的翡翠走勢已經比較瞭解了，賈似道的動作在阿三看來，頗有點大刀闊斧的意思，似乎一點都不怕切到翡翠。

看著賈似道那幹練和堅決的架勢，周大叔倒是點了點頭，說道：「阿三，你應該好好學學小賈。對於這片綠的切割，可和先前帶色帶那邊的切割不太一樣。其實，翡翠原石的解剖，終歸還是需要根據翡翠的走勢來切的。不同的翡翠原石，切割的程度、動作、方向都是不一樣的。這裏面的講究，沒有一定的眼力，沒有一點切石的功夫底子，壓根兒就做不到。」

「周大叔，那小賈這麼快地解石，難道就不怕一個不小心，把含有翡翠的那部分給對半切開了？」阿三說出了自己心裏的想法，「我即便是站在邊上看著，都為他捏了一把汗呢。」

「這就是外行和內行的不同了。哪怕是你的切割功夫到了一定程度，在邊上看著，終歸也是有點玄乎的。」周大叔答了一句，轉而說得更加直白：「這就好比騎自行車，騎車的人，即便速度再快，也不會感到害怕，因為車速的快慢始終在他的掌控之中，而坐在後面的人，一旦車速快起來，內心就會感到緊張……」

阿三聞言，頓時露出一副若有所思的神情。

周大叔看了阿三一眼，微微一笑，也不去打攪他，雖然這個比喻還有些牽強。賈似道現在切割的力度看著是比較大力，但是，切割的那個切面和真正有可能出現翡翠的地方是平行的，是順著翡翠的走勢來進行切割的，所以即便切割出來的切片稍微厚一些也不要緊。而且，對於一個熟練的切割師傅來說，看到切面上有什麼樣的石質部分，大致就能判斷出，再往內部切割進去多厚，也不會出現翡翠的質地。這種臨場的應對能力，才是一個人切割功力的體現。

周大叔有點心動，賈似道那邊的切割動作忽然慢了下來，轉而開始小心地一點點打磨進去，而且，在周大叔看來，賈似道似乎是有意在一端比較用力，另外一端則用力比較輕。

有門兒！周大叔心裏一陣激動，眼睛不由得一眨不眨地盯著賈似道的動作，彷彿生怕一個眨眼間，就錯過了精彩的過程一樣。

猛然間，在翡翠原石上，一絲淡淡的綠意暈散開來。

賈似道長長地歎了一口氣，還不等他放下手裏的角磨機，周大叔就一個箭步來到賈似道身邊，認真地察看起翡翠原石來。

只見在切面上，賈似道小心打磨的那一端，那絲蔥郁的綠色非常明顯。比起剛才的冰種俏陽綠來，這會兒出現的翡翠，不管是質地還是顏色，都遜色了幾分。但是，從切面往內部推斷，這部分的翡翠在個頭兒上無疑要大上幾分。按照周大叔先前的估價來看，那小小的冰種俏陽綠部分，就已經能夠賺回本錢了，那麼這邊出現的翡翠自然是純利潤了。

「好小子！」這句話，周大叔在短短的時間內對著賈似道說了好幾遍，每一遍都掩飾不住周大叔對賈似道的欣賞。

賈似道訕訕一笑，待到阿三和阿麗也緊跟著察看過翡翠原石之後，他繼續把翡翠原石邊上的一些石質部分給剔除掉，整塊翡翠就顯露在眾人眼前。

其整體大小在賈似道的眼中，還稍嫌小了一些。但是在阿麗的眼中，卻還是很實際地按照能不能切出翡翠手鐲的標準來衡量。這樣一來，這塊翡翠料子的大小無疑是合格的。只不過因為形狀不太規則，翡翠原石內部滲透進去的翡翠和表皮的那些薄薄成片的片綠連在一起，如果不找個技術好的工匠來雕刻，並且細心設計一番的話，單單挖出一個翡翠手鐲來，就有點兒浪費了。

「對了，小賈，你自已挑的那塊翡翠原石要怎麼切啊？」阿三有點迫不及待地問道。

「怎麼，你就這麼有信心，你選的這塊能超過我那塊？」賈似道有些玩味地看了阿三一眼，「要知道，周大叔挑選的那塊，價值可要比你這塊來得高哦。」

「那個，我只是想要見識一下更多的切石而已。」阿三訕訕一笑，「先前的打賭，只不過是鬧著玩的，誰輸誰贏還不都一樣啊，我又怎麼會介意呢。你說是不是，阿麗？」

「鬼才信你呢。」阿麗轉過身，自己已經先一步跑向賈似道挑選出來的翡翠原石，眾人只能樂呵呵地跟了過去。一邊走，賈似道還一邊推動著切割機。

周大叔再次打量了幾眼賈似道挑選的這塊翡翠原石，微微搖了搖頭，顯然是不看好這塊原石。賈似道也不介意，對於這塊原石，他也心裏沒底。整堆三四十塊的毛料中的絕大部分，是賈似道用自己的特殊感知能力探測過挑選出來的，只有少數幾塊，是賈似道想要試試自己的眼力，也是為了掩人耳目，才故意賭過來的。阿麗那塊和眼前這塊，無疑都是這種情況。

和阿三一起把翡翠原石抱到切割機上，對準了自己先前察看時劃好的線，賈似道就準備開動機器了。

阿三不由得說了一句：「小賈，你就這麼切割了？不打算先擦石？」

「不同的翡翠原石，不同的待遇嘛。」賈似道淡淡一笑道，「我覺得，這塊翡翠原石裏應該不會有什麼太好的翡翠。你看……」賈似道看向周大叔那邊，說道：「連周大叔也不看好這塊翡翠原石。」

「那你還選這塊來和我們打賭？」阿三看著賈似道的眼神有些怪異。

「那個……」賈似道摸了摸自己的鼻子，「我這不是怕贏了你之後，你心裏會不好受嘛。我可是為你著想。」

「你去死吧。」阿三沒好氣地說了一句。

賈似道聞言心裏一樂，嘴角的笑意越來越濃，轉而就開動了切割機，聽著那熟悉的「滋滋」聲響，賈似道的內心卻遠沒有表面上表現得這麼平靜。或許，只有不依靠特殊感知能力的時候，賈似道才會真正感受到賭石的風險和魅力吧。

看到切割機的砂輪在翡翠原石上一切到底，待到空轉的時候，出了那刺耳的「哧哧」聲之後，賈似道才把切割機關上。而翡翠原石也已經很明顯地被分成了大小不一的兩個半塊，他和阿三一起，一人翻開半塊來看。

正如事先所預料的那樣，在翡翠原石的切面上是斑雜的表現，隱隱有著翡翠的質地，與此同時，也佈滿了黑斑、白魔。幾乎是翡翠原石中應該有的、不應該有的，一股腦兒的全都出現在了切面上。

看到這般景象，阿三也不禁有些苦笑地看向賈似道，不知道說點什麼好了。

「我說了吧，這就是塊廢料。」到了這個時候，賈似道臉上的那份苦澀笑容也更加真切了，連說出來的話都帶了幾分失望：「不過，這樣也好，四個人切石，各個級別的翡翠都出現了，也不枉大家一起來切石。」

「這塊翡翠原石，到現在為止還沒有定數吧？」周大叔走到翡翠原石的邊上，對著切面認真地看了看，抬頭以詢問的眼神看向賈似道，說道：「就這個切面來看，這塊翡翠原石，無疑是一塊一文不值的廢料了，沒有人會在這樣的翡翠原石上再花費時間和心血。即便拉到那些簡易的手工作坊裏去，做成那種幾塊錢的翡翠飾品，放在夜市裏賣，估計也就是千把塊錢。」

「小賈，你該不是有這樣的打算吧？」阿三看了賈似道一眼，問道。

阿三還沒說完呢，賈似道就很果斷地說了一句：「不會。」

如果賈似道真準備自己開店鋪銷售翡翠飾品的話，也是走中高檔路線，和那種擺在夜市裏或者路邊攤的翡翠商店，要絕對區分開來。不然，賈似道也不會對周大叔先前所說的店鋪感興趣了。

「不過，周大叔剛才所說的也沒錯。這塊翡翠原石究竟是垮還是漲，還沒定呢。」說到這裏，賈似道頓了一頓，似乎是在有意吊人胃口。自從一刀下去之後，賈似道在這個切面上仔細打量了好久。

整個切面佈局雜亂，上面鑲嵌著翡翠、黑斑、白魔、草芯子等，這種怪異的佈局，總讓賈似道感覺怪怪的。而看久了，倒真讓賈似道發現了一些端倪。

那星星點點的黑斑，讓人的心頭隱隱泛起一絲希望。都說「蘚吃綠」，出現黑斑的地方，自然大多數都和綠色翡翠交雜在一起了。從這個切面看進去，還真有不少綠色翡翠。顏色非常純正，唯一遺憾的就是個頭兒太小了一些，質地也不怎麼樣，還分散得太開了。

賈似道認真地思索了一下，搬起小半塊的那部分，以一個與原本的切面相平行的方向，輕輕地畫了一條線。然後，再把這半塊翡翠原石搬到了切割機上。按動開關，開始了第二刀切割。

第九章

嫦娥奔月圖

賈似道沒有在翡翠原石表皮進行打磨，
只在切面部分往裏切了一刀。
也就是說，這翡翠原石，只有切面是人為動過，
卻呈現出逼真動人的嫦娥奔月的形態來。
哪怕是再出色的工匠，人為地往上面雕刻上一刀，
對於這翡翠原石而言，都是一種破壞。

即便是周大叔，對於賈似道的第二刀切石，也沒有抱多大希望。雖然在理論上，賈似道有翻本的機會，但這終究是理論。對於大多數人而言，恐怕也會和賈似道現在所做的一樣，進行再一次切割，儘量把翡翠原石切得小一些，以避免錯過內部有可能出現的翡翠。

賈似道的第二刀明顯沒有絲毫起色。整個切面相比起原先的切面來更加混亂，並且還出現了大片白棉。先前還略微能看到不少星星點點的翡翠，到了這會兒，已經徹底消失了。

除去那些黑色的斑點，還有些許慘澹的陰影之外，其餘的部分在色調上倒是暖了幾分，卻絲毫不能慰藉幾個切石的人的心。

賈似道不再猶豫，很乾淨俐落地又切了第三刀。這會兒，他也不再選擇和原先的切面平行的方向了，來了個直截了當的對半切，看了一眼自己切石之後的效果，依舊是讓人失望。

「小賈，這邊的還要切嗎？」阿三看著賈似道那有些陰沉的臉色，不由得問了一句：「要是這邊大半塊的表現還是和剛才一樣的話，還不如不切開來呢。」

不切開來的話，好歹還有幾千塊錢的價值，要是和小半塊這邊一樣，即便就是幾百塊，估計都沒人要了。

「切吧。」賈似道淡淡地笑著說。

「我也覺得，還是再切一刀比較妥當。」周大叔在邊上附和了一句。

「老爸，為什麼啊？」阿麗有些不太明白，問道：「難道您認為，這邊的半塊翡翠原石會有希望？剛才那小半塊，可是越切越差。」

「這個很難說。」周大叔看了阿麗一眼，「正因為剛才那半塊翡翠原石越切越差，所以這邊的半塊才更有希望。」

「哦？周大叔，這是為什麼？」阿三也好奇地問了一句。

「你們看。」周大叔指了指一刀下去的翡翠切面，「就這個切面而言，翡翠向小半塊這邊的蔓延顯然是非常失敗的，那麼，只要這塊翡翠原石內部還存在著大塊翡翠的話，勢必就會在大半塊這一部分。所以我認為，這邊的半塊翡翠原石，也還要切一下才能最終確定能不能切漲。要不然，就這樣把它放棄了，實在是有點可惜。」

說到這裏，周大叔也感到有點唏噓，咂吧了幾下嘴巴，才接著說道：「而且，這畢竟不是幾千塊錢的問題，而是一個賭石人的心態問題。」

「的確。」賈似道接口說道，「既然參與賭石了，就要有一賭到底的勇氣。即便輸得傾家蕩產，要不然……」

「要不然，就會後悔吧？」周大叔說道，「這樣的事例，在賭石一行可不少見。」

就是賈似道自己，不也親身經歷過嗎？無論是在雲南那邊的一次賭漲，或者是在平洲賭出來的春帶彩，都是從別人最後的放棄中撿漏過來的。

「所以，這一刀切下去，即便徹底切垮了，我也不過就是賭垮了這麼一塊翡翠原石而已。要是能切出稍微大一點的翡翠來，至少就能回本！」賈似道淡淡地說，「運氣好的話，興許還能賺上一筆。但要是現在停手不切的話，就只能拿回兩千塊錢的心理安慰了。然後，別人要是有機會從中切出翡翠來，我還需要收穫銘記一輩子的後悔……」

說著，賈似道也不管阿三和阿麗有什麼樣的想法，便開始按照自己的判斷，沿著平行於翡翠原石原先切面的方向，切了薄薄的一片下來。又淋上一些清水，讓自己看得更清楚一些。

賈似道注意到，在新切出來的切面上，雖然切面大致和原先的切面一樣凌亂，但是黑色的斑點已經少了許多，相對的，那些綠色的翡翠質地也相聚到了一起，並且還形成了兩個相對來說明顯比較集中的區域。至於那些白棉，依舊肆虐著整塊切面，沒有一點妥協。

即便如此，這樣的一個切面，在賈似道的眼裏，還是一文不值的。反倒是那些變色了的區域，要再往裏面切一點，能夠讓那些淡黃色更加純粹一些，賈似道倒是不至於在這塊翡翠原石上弄得血本無歸。

「不錯，是個好兆頭！」在看完這個切面之後，周大叔點了點頭。

阿三和阿麗也異常欣喜。這種在一塊廢料中重新切出希望的感覺，絲毫不比從一塊表現良好的原石中切出極品翡翠的那種興奮來得遜色。

賈似道嘴角的笑意雖然不濃，但是此時此刻也算是抹去了那份淡淡的鬱悶之情。他用強光手電筒對著那兩部分翡翠仔細照了照，似乎這兩處翡翠滲入原石內部的情況，也是兩個極端。

一處明顯變了色，哪怕翡翠質地的通透性不怎麼樣，當強光手電筒的光線透射進去的時候，賈似道還是能感覺到，隨著翡翠質地的深入，表面的那一點點綠意，似乎逐漸消失了。

淡黃色翡翠在形狀上，倒是和另外一個部分的翡翠有點類似，有些狹長的感覺，還有一個小小的弧度，就像一個人的眉毛。而這種形狀的翡翠，要說製作成翡翠手鐲吧，料子不太合適，要說製作成擺件吧，質地和顏色卻又算不得出彩，即便雕刻出來了，估計價值也不會高。

要知道，黃色翡翠幾乎就和綠色翡翠一樣氾濫。幾乎所有的低檔綠色翡翠中，都會略帶著一抹黃色。除非能夠切出雞油黃這種黃色翡翠中的極品，其價值才能夠和極品綠翡翠一較高下。

而眼前的這塊廢料，想要切出一塊極品雞油黃翡翠，顯然是不可能的。

大家對於賈似道在切石時所表現出來的果敢態度，幾乎都已經免疫了，一雙雙眼睛都盯著翡翠原石看。周大叔還特意拿起剛切下來的薄薄切片，仔細地研究起來。待到切割機停下來之後，周大叔的眼神才轉而專注在新切出的原石切片上。

不過，還不等周大叔仔細察看呢，邊上的阿麗就已經感歎了一句：「怎麼會是這個樣子呢？」

「那你還以為是什麼樣子啊？」站在賈似道身旁的阿三緊接著就嗔了阿麗一

句，而他的視線卻也沒有從原石切面上移開。

其實，就是賈似道自己，心裏也是頗有些好奇。不過，因為翡翠原石的切面上還不是很乾淨，隱隱透露出來的翡翠質地看得也並不是很清晰，就足以說明，這兩處的翡翠質地並沒有預想中的那麼好。所幸，大小倒是比剛才看到的那個切面要大上幾分。

對於這一點，賈似道還是比較滿意的。

賈似道用清水淋了一遍，再看翡翠原石的整個切面，就顯得綠意蔥翠了不少。尤其是原本就沒有變色的那部分翡翠，剛好在賈似道視線的正上方，有些狹長，有些淩亂，好在這部分翡翠的中心區域，很完美地融合在了一起，讓他看著舒心了不少。邊上偶有一些黑色斑點點綴著，賈似道琢磨著，這樣的原石，這樣的形態，這樣的組成，足以用來考驗即將到來的許志國的手藝了。

倒是另外一端，比較靠近賈似道腳跟前的那部分淡黃色翡翠，幾乎已經成為了一個半圓形，顏色也比較均勻，淡淡的，還微微有些暈散。此外，在整個切面上，還分佈著大片大片的白棉，有些是疊加在一起的，有些相距有點兒遠，很飄忽，又不是很純粹，其間夾雜著不少雜質，有石質的，也有翡翠質地的。而這一部分夾雜在白棉中的翡翠質地，賈似道就不準備把它們給挖出來了，實在是太費力不討好了。

另外，在這些成片的白棉週邊，還有著一些非常明顯的草芯子，也就是細小的白點。這些草芯子的點，顏色比起成片的有些暗的白棉來，倒是要白許多。於是，在整個切面上，這些草芯子倒是要比成片的白棉更吸引人的視線了。賈似道琢磨著，要是周圍這些白棉都是綠色翡翠的話，自己倒是能夠借機雕刻出諸如「風雪山神廟」那種感覺的翡翠擺件了。

這創意是現成的，不是嗎？拿來用用，也不算是侵權吧？

正當賈似道遐想著，思緒翩飛之際，周大叔和阿三、阿麗，也在對著這個原石切面，各自表達著自己的看法。周大叔還是認為，這塊原石中切出來的翡翠，雖然質地和顏色都不太好，但畢竟也是翡翠啊。

如果真要按照打賭的規則來說的話，賈似道挑選的這塊翡翠原石，自然是要排在阿麗挑選的那塊翡翠原石前面了。

阿三也幫著周大叔，一起打趣起阿麗來。這會兒的阿三，心情可是和剛才大大不同。當賈似道這最後一刀的切石完成之後，這塊翡翠原石的價值也就水落石出了，再沒有任何意外可言。整個過程並沒有大起大落，賭石的刺激感，也在切石結束之後，隨之煙消雲散。

唯一還不放棄的，只有阿麗，她似乎還是有點不甘心，就這麼讓賈似道給翻盤了。

明明就是一塊廢料，怎麼就切出了不少翡翠來呢？雖然出現的那兩團翡翠，在阿麗的眼中看來實在是不怎麼樣。

於是，阿麗歪著腦袋，仔細地打量著那兩團翡翠，一綠一黃。

綠色，綠得頗有些層次感，中間的顏色最深，形狀有點兒狹長，而邊緣部分，則開始逐漸變淡，有些淡淡的綠色翡翠，幾乎是細如絲線一樣，纏繞在中間的那深色一些的翡翠邊上；而黃色，黃得很純粹，那半圓的形狀，就好像是夜空中半圓的月亮。

月亮！阿麗的眼睛不由得一亮。她再看下面的那團綠色翡翠，中間的狹長部分，隱約可以見到一個人形。阿麗情不自禁地喊了一句：「啊！你們過來看啊，站在我這邊，快看，是不是有點像一幅嫦娥奔月圖呢？不，這本來就是一幅渾然天成的嫦娥奔月圖啊！」

這麼一說，賈似道幾人，不由得都好奇了起來，大家紛紛走到阿麗的身邊。因為原先的時候，賈似道是和阿麗面對面站著的，淡黃色部分的翡翠原石比較接近自己，這會兒，走到另外一邊一看，這淡黃色翡翠的部分，還真的就是一輪半弦月了。

底下有些偏的位置上，一抹細長的碧綠，正如一個美輪美奐的婀娜身影，邊角處稍稍淡去的綠色，猶如飛揚的裙裾，那紛飛的綠色絲線，也勾勒出裙角的飄逸。而整個原石切面上的白棉，都活靈活現地成了夜晚的天空，微微發暗的色彩，一如彌散著月光的雲層。而星星點點的草芯子，在賈似道的腦海中，本來是夜間的風雪，這會兒，因為草芯子比起風雪來是不夠豐滿了，在位置上，也大多是鑲嵌在白棉的邊上，不正是那點點繁星嗎？

整個原石切面，只需要稍微修飾幾刀，嫦娥奔月的形與神，就都活了過來。這樣的景象，不要說是最先發現的阿麗了，就是賈似道、周大叔和阿三，一時間也看得目瞪口呆。而當腦海中有了這麼一個大致的輪廓之後，越看就越覺得相像。到了最後，三個人都有點愛不釋手起來。

時間已經差不多到中午了，賈似道和周大叔一合計，四個人就一起出了廠房，在邊上的一家小酒館裏吃了一頓。請客的錢，自然是賈似道來付了。誰讓賈似道最後切出來的翡翠原石，竟然有了這般驚天動地的變化呢？

吃飯的時候，四個人之間的話題依然是圍繞著「嫦娥奔月圖」。一塊上好的翡翠料子，想要雕刻出這樣一個「嫦娥奔月」的擺件來，只要工匠的手藝到了，翡翠的料子也足夠大，完全不成問題。但是，說到天然形成的圖案的話，即便在千百塊翡翠原石中，也很難切出一塊來。這種天然的形態，都是可遇不可求的，其價值必然要遠遠超過賈似道購進這塊翡翠原石的價錢。

而且這塊翡翠原石，賈似道並沒有在原石的表皮進行任何打磨，僅僅是切開之後，再在切面的部分往裏切了一刀。也就是說，整塊翡翠原石，只有切過的那個切面，才是人為動過的，卻恰恰呈現出逼真動人的嫦娥奔月的形態來。而其他位置，都是原石的天然表皮。

這樣的一件作品，已經完全不需要任何人工雕刻了。哪怕是雕工再出色的工匠，人為地往上面雕刻上一刀，對於這半塊翡翠原石而言，都是一種破壞。

飯桌上，阿三非常羨慕賈似道的好運，從賈似道開始賭石以來，運氣就一路順暢，不要說阿三了，就連周大叔這樣老成的人，都顯露出一些羨慕了。而賈似道則一直含笑地把功勞推給阿麗。

用賈似道的話來說，那就是：「要不是阿麗發現了這幅畫面的話，我可能就把翡翠原石當成一塊廢料，再往裏面切一刀，把翡翠部分給挖出來了。如此一來，也就沒有『嫦娥奔月』了。」

而且，由四個人中唯一的女性阿麗來發現這麼一幅天然圖形，豈不是正應和了這幅畫面的浪漫情調嗎？

一時間，阿麗倒成為了飯桌上四個人中最為得意的一個了。

待到飯後，阿三自然是希望和賈似道一起，重新回到廠房內，進行新一輪切石。不過，周大叔卻提出，他和阿三要去為賈似道落實一下早上提起的那間店鋪的事，阿麗也要回「周記」。

「小賈，上午那塊天然的嫦娥奔月圖翡翠，你準備做什麼樣的打算？」周大叔問了一句。

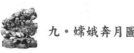

「自然是自己收著了。」賈似道說，「這樣一塊翡翠原石，一部分是原石的天然表皮，一部分是切出來的天然圖形，很具有收藏意義和紀念意義。」

如果有錄影一直記錄著早上賈似道的切石過程的話，一個上午所有的切石步驟，眾人對於翡翠原石的探討，以至最後切石的結果，幾乎都可以成為賭石行內的教材了。

說不定，賈似道現在內心裏最迫切的想法，就是給已經切出來的翡翠拍照，立即傳到「天下論壇」上去，再找劉宇飛等熟人來分享一下自己的喜悅。

畢竟，這種在低檔翡翠中切出「極品翡翠」的事，哪怕賈似道大肆宣揚，別人也只會說賈似道的運氣好，而不會懷疑到賈似道擁有特殊感知能力上去。

「那麼，其他幾塊呢？」周大叔又問了一句。

「呃，其他的，應該會等小許，哦，也就是我提過的那個翡翠雕刻師傅，等到他過兩天到了之後，讓他先試著雕刻幾件翡翠擺件出來，然後……不是有阿三在幫著找翡翠的鋪面嘛。」說到最後，賈似道還特意看了阿三一眼。

「所以，即便要切石，也沒有必要現在就把所有的翡翠原石都給切出來？」聽到賈似道的打算之後，周大叔點了點頭，這才說出了他的想法：「依我看，你還不如趁現在有空，先去找個合適的地方，來存放切出來的翡翠料子。這可都是值錢的東西，還有，你上次不是切出了億年玉蟲嘛，小心一點，別被有心人給惦記上了。」

「這倒是，即使存在銀行裏比較保險，但是，要是自己開店鋪的話，都存在銀行裏還真的是不太牢靠。」賈似道心裏一沉，很自然就想到，李詩韻以前提到過，給別墅裝一套級別較高的防盜設備，就像銀行裏那種。只不過，一想到接下來還有大批量的翡翠原石會到來，賈似道的眉頭幾乎就要擰在了一起。

「周大叔，您有什麼好的建議嗎？」賈似道問了一句。

「呵呵，好的建議沒有。」周大叔樂呵呵一笑，「不過，你剛才也看到了，就在廠房這邊，我在角落裏擺著一個保險箱子。其實，那玩意兒並不是很保險，只不過是裝裝樣子而已。真正值錢的東西，我還是存放在『周記』那邊的。」

「『周記』的二樓？」賈似道忍不住好奇，疑惑地看了周大叔一眼。

「小賈，你還真是夠笨的。」周大叔還沒回答，邊上的阿麗就提醒了一句：「『周記』二樓，就那麼一點地方，怎麼能放下很多東西啊……」她又嘀咕了一句：「我真是懷疑，就你的智商，怎麼就能賭到這麼好的翡翠呢？」

這話不輕不重的，像是打趣，又像是情不自禁的嘀咕，倒是讓賈似道感到頗有些尷尬。他轉而問道：「那周大叔，您的那些極品收藏，該不是特意騰出一個地方來存放的吧？」

「那是自然的。」周大叔點了點頭，說道：「一些大收藏家會特意打造出最保險的一幢別墅來，用作收藏的處所，或者就是建幾個地下室。據說，歐洲那邊的貴族，在自己的莊園裏，也都有專門的收藏室呢。」

「難道周大叔您也有一個收藏室？」賈似道可沒有聽阿三說過周大叔有別墅來著。

「是啊，就在『周記』後面，是不是很方便？」周大叔點了點頭，「裏面的設施可都是一流的。門口的位置，還有直接和公安局連線的警報系統，即便無人看守，也不需要擔心安全問題。你的那塊春帶彩，我就存放在那邊了……至於『周記』的二樓，那地方的確也算保險，只是，大多數時候，那邊的保險箱都是空的。尤其是我下鄉收東西，讓阿麗一個人在店裏待著，如果還在二樓放那麼貴重的東西，我也不放心啊。」說著，周大叔頗有些溺愛地看了阿麗一眼。

「我說呢……」賈似道嘀咕了一句。

「小賈，其實不光是周大叔的『周記』，還有『慈雲齋』等等，但凡是古玩街上出名的店鋪，在他們的店後面，都有一個類似於儲藏室的地方，裏面的報警系統直接和古城派出所連線。此外，儲藏室裏，還特別配備著類似於銀行的巨大保險箱，專門用來存放一些極品收藏。要不然……」阿三不無得意地說，「你以為，簡單地盤下一個古玩街的店鋪，用得著勞動我這個大忙人去周旋嗎？」

「哦，阿三，你的意思是說，準備盤下的那家店鋪，也是有裝著頂級防盜設備的儲藏室的？」賈似道心裏一動，連說話的聲音都帶了幾分驚喜。這可是他非常盼望的啊。至少，馬上就可以把自己即將到來的兩批翡翠原石給搬運進去。

「沒有。」阿三很爽快地搖了搖頭。

賈似道頓時無語，正準備給阿三一個白眼呢，既然沒有，剛才還說得有模有樣的，害得自己空歡喜了一場。

不過，緊接著，阿三就說道：「但是，那個地方的位置及後院的建築，和周大叔的『周記』是非常相像的。要是你有心的話，只需要出足夠的錢，裝上一套防盜設備，也就差不多了。我想，以小賈你現在的資金實力，對於這些保險設施應該很捨得花錢吧？」

「真的？」賈似道問道，「要是真有這麼個地方，方便開店不說，對於我的這些翡翠原石，也是個不錯的儲藏地點。」

「當然是真的了。騙你對我又沒什麼好處。」阿三無語，淡淡地瞥了賈似道

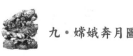

一眼，才接著說道：「不過，根據我得到的消息，那個適合建儲藏室的地方和前面的店鋪，並不是屬於同一個老闆的。」

也許是看到了賈似道疑惑的眼神，阿三解釋道：「你想啊，要是那地方原本就是和前面的店鋪合在一起的話，那還用我們商量著裝備出一個儲藏室嗎？」

「這倒也是。」賈似道點了點頭，心裏甚至在琢磨著，要是那家店鋪的老闆有實力來交涉這間合適用作儲藏室的房子的話，恐怕他也不會因為出手了一件贗品，被客戶打鬧了一番，就準備盤出店鋪，離開臨海了吧？說白了，還是因為自身的關係不夠硬，在古玩街這邊沒有太好的人緣的緣故。

要不然，光是古玩街這麼多的店鋪老闆背後的實力，也不可能會容許一個外行人打眼了之後，在古玩街撒野。

由此，也讓賈似道更加清楚地認識到，想要在古玩收藏這一行把生意做大，要是沒有一點人脈資源，那是斷然沒有太大的機會的。就好比那些擺攤的攤販吧，要說錢的話，他們還真的不難湊出盤下一間店鋪的錢，但是論到關係，他們卻沒有阿三這樣的交際圈，所以只能在古玩街那邊擺擺地攤了。

至於阿三為什麼會如此看好自己，賈似道大有深意地看了阿三和周大叔一眼。恐怕，要不是最近賈似道在賭石上表現出來的實力，阿三和周大叔也不會在這個時候，提出引賈似道進入古玩街的打算吧？

「對了，小賈，要是有空的話，找個時間，我帶你去拜訪幾位行家。」阿三說著，還對賈似道眨了眨眼睛。

「那是應該的。」賈似道應道。既然阿三把話說得這麼明白了，他自然意會：「不過，能不能過上十天半個月的？反正你那邊店鋪的交涉也不是兩三天就能搞定的，而我也可以等到小許來，讓他先做一批小玩意兒出來，免得到時候去看望人家的時候還空著手去，那多難看啊。」說著，賈似道還意有所指地攤了攤雙手，一臉的玩味。

「對頭！」阿三笑著打了個響指。邊上的周大叔，也會心地笑了笑。

與幾人分開之後，賈似道獨自一人回到了別墅。

那成堆的翡翠原石，就一直放在周大叔的廠房裏好了，倒是那塊「嫦娥奔月圖」翡翠，在周大叔的建議之下，已經被搬到了「周記」的後院。在分手的時候，周大叔還有意無意地提到了「賞寶大會」。這四個字，讓賈似道有種怦然心動的感覺。

好在，離賞寶大會召開的時間還有點遠，對於現在的賈似道而言，他似乎除了翡翠料子之外，就沒有什麼可以拿得出手的翡翠珍寶了。此外，他連前去參加的資格都還不具備呢。難道真的要去找臨海「天啟珠寶公司」的楊總？

賈似道記得，在揭陽打賭的時候，楊總還欠他一件翡翠珍品呢。前提是，賈似道能厚著臉皮去楊總的珠寶公司，挑選一件，並且付錢。

不過，一想到在揭陽那邊後來兩個人有點鬧僵了，賈似道就不打算去「天啟珠寶公司」了，那份賭注，就暫時讓楊總欠著吧。這樣，也不至於把兩個人之間的關係給鬧到徹底不可挽回的地步。

大家都是在臨海做生意的，尤其是賈似道還準備開個翡翠店鋪，和楊總的交鋒也就不可避免了。

相對來說，賈似道更加樂意在阿三安排他去見行家們之前，先去拜訪一下早上剛在古玩街遇到的馬爺。這樣一來，多少也會讓賈似道心裏有點兒底氣。

此時此刻，賈似道回到別墅之後，頓時就把這些人際關係、翡翠店鋪的事，統統都給拋到了腦後，他興沖沖地打開電腦，然後飛快地把用手機拍的「嫦娥奔月圖」傳到了網上。

那心情，就像是一個暴發戶，一言一行，都生怕別人不知道自己是富豪。

而情況果然也和賈似道預料的一樣，沒過幾分鐘，論壇裏的好些人就對這張照片發出了各種感慨。

要知道，賈似道的照片可是正面拍攝出來的。在照片的底下，還附有一行文字描述。那種大自然鬼斧神工的細膩感觸，自然讓論壇上的翡翠燒友們心動不已。

不過，看的人很多，能估算出價格的人卻寥寥無幾。說什麼一百萬、一千萬的，就是幾個新手在胡亂發表意見罷了。賈似道琢磨著，那些行家們，應該都和自己的觀點一樣，這種類型的翡翠，一生也難得遇到一件，更別說由自己擁有了，完全不需要定價來證明它的價值！要是真有人開出個價格來，對於翡翠行家們而言，絕對是一種侮辱這件作品的行為。

沒過一會兒，賈似道的電話就響了起來，他拿起來一看，是劉宇飛打過來的。再看了一眼論壇上的帖子，這會兒「宇飛殤」正在線上呢。賈似道心裏一樂，難怪劉宇飛的電話這麼及時了。

即便如此，賈似道也頗有點惡作劇地讓手機鈴聲響了老長時間，才慢吐吐地接了起來。

賈似道胡亂地和劉宇飛說了一通，幾乎所有的話題都是圍繞著賈似道剛發的這個帖子的，說白了，就是劉宇飛想問一下這張照片的真實情況。賈似道也樂得和他覆述了一遍自己早上切石時的詳細經過。說完了，劉宇飛不由得感歎，賈似道還真是走了狗屎運了！

快要掛電話的時候，劉宇飛又感歎了一句：我怎麼就沒那個命呢？

當然，劉宇飛也和賈似道說了一下和楊泉交易的情況，目前雙方還在僵持著，不過，已經初步達成了一個意向，只是在交易的時間和價格上還有不同的意見。比如，從日本那邊把墨玉壽星安全地運送到揭陽去，就不是一件輕而易舉的事情。

此外，劉宇飛本來打算親自過來看看這塊翡翠的，但是因為揭陽公盤剛剛結束，「劉記」的生意自然也要重新忙碌起來了，劉宇飛也就抽不出身來再全國各地跑了，尤其是還要應付楊泉。

而賈似道跟劉宇飛說了自己準備開個翡翠店鋪玩玩的時候，劉宇飛自然是大力贊成的，他還說準備仿效賈似道，也開個古玩小店鋪，專門出售碧玉，與碧玉愛好者交流。

待到最後，劉宇飛才說，他已經把許志國雕刻的幾件成名翡翠擺件作品的圖片發到賈似道郵箱裏了。賈似道下意識地看了一下兩個人通話的時間，竟然已經有半個小時之久了。他聳了聳肩膀，掛了電話，在手裏玩著手機，這才看到螢幕上還有一個未接電話，顯示的名字是：王彪。

賈似道欣然一笑，當即打了電話過去，和王彪猛聊了幾十分鐘。對此，王彪在贊了一句賈似道的運氣的同時，也給賈似道接下來準備開店的打算提了不少意見，讓賈似道受益匪淺。當然，他也沒忘記賈似道儘快辦妥他介紹的一樁生意：玻璃種帝王綠的翡翠觀音掛件。

賈似道頓時眉頭一蹙，心裏感歎著，自己還是不夠沉穩啊，切出來一塊「嫦娥奔月圖」，就有點兒得意忘形了。

掛掉電話之後，賈似道關了論壇，打開了劉宇飛傳過來的那幾張許志國雕刻作品的照片，翡翠手鐲和戒面自然是不太看得出來許志國的雕刻功力了，但是一些小型翡翠掛件，比如觀音玉佩、猴子偷桃這樣的翡翠飾品，卻是比較考究雕刻工匠技藝的，尤其是其中的一件鏤空筆筒，讓賈似道的眼前猛然就是一亮。

因為只是照片，並沒有擺件大小尺寸的參考，賈似道也不太確定這個筆筒究竟有多大。就照片所見到的而言，筆筒上的一些小紋飾，比如鏤空部分的間隙邊上幾處手到擒來的枝葉形狀，充滿了意趣的雕刻，還有筆筒最底端圈足的打磨，都顯露出工匠雕刻技藝的嫻熟。要是沒有一定功力的話，是斷然不能做出這樣的作品的。

雖然在賈似道看來，筆筒的材質應該屬於豆種的墨綠色翡翠，但是，這並不妨礙賈似道對它的欣賞。想到早上剛切出來的幾塊翡翠料子，賈似道的內心更加期待許志國的到來了。

第二天是周日，賈似道起床之後，並沒有去古玩街那邊逛，也沒有立即去拜訪馬爺。

一來，賈似道僅僅是昨天早上才得到馬爺的邀請而已，為的還是賈似道在古玩一行的品性還不錯。要是今天就去拜訪的話，雖然能反映出賈似道對馬爺的敬重，卻少了幾分底氣。

二來，賈似道不準備空著手去或者拿一些自己拿不準的東西去請教，他準備送一些有點意趣的小玩意兒，總歸要比空著手去合適得多。賈似道早已經不是古玩一行的愣頭青了，雖然還不算是行家，但至少也不會像第一次跟著阿三去見衛二爺的時候，說出直接把清宮五件送人的話來。

至於在什麼時候，拿著什麼樣的小玩意兒去拜訪，這裏面可是頗有些講究的。賈似道覺得，自己還是應該事先詢問一下阿三為好。

當然，並不是除去古玩街那邊之外，賈似道整天就無所事事了。

這不，剛吃過早飯，賈似道還沒想好是不是要回一趟鄉下老家呢，口袋裏的手機就響了起來。他暗自嘀咕了一句：這人有錢了，是不是電話也就多起來了呢？

隨即，得知是揭陽公盤的那批翡翠原石到了，賈似道心裏頓時就是一樂。

昨晚和王彪通話之後，賈似道就在擔心，去哪兒弄一塊翡翠原石來切開看看，有沒有適合雕刻成觀音擺件的呢，現在，馬上就可以接收從揭陽那邊賭回來的翡翠原石了，莫非這裏面還有什麼巧合存在？他興沖沖地讓托運公司的人把東西原封不動地送到了藍天社區。

在翡翠公盤上賭回來的翡翠原石數量並不多，而且每一塊翡翠原石的個頭兒也不算太大，即便最大的那塊一百八十九號標中的主體翡翠原石，也還夠不上家中儲藏著的巨無霸毛料的零頭呢。所以，賈似道很有信心把這些翡翠原石全部都給收進地下室裏。

等到托運公司的人全部離開之後，賈似道心裏一喜，趕緊去把別墅的大門給關上，心中頗有點蠢蠢欲動的感覺。

到了地下室之後，他不去看已經非常眼熟的瑪瑙樹等收藏，也不去管那大塊的玻璃種帝王綠翡翠，而是對著眼前剛運送過來的翡翠原石，雙眼精光四射。

當賈似道的左手再一次依次觸摸著這些翡翠原石的時候，心裏的那份衝動卻減輕了不少，已經有些躁動的心情也平穩了許多，和剛才的蠢蠢欲動比起來，彷彿換了一個人。

賈似道把能切出翡翠玻璃種翡翠的原石都給搬到了一邊，再度開始認真比對起不同的翡翠原石的表皮表現來。表皮有著什麼樣的差別，這是一個很好的判斷方式，至少可以排除那些明顯不含有綠色翡翠的原石，無疑也大大增加了賈似道找到玻璃種帝王綠翡翠的可能性。

經過一番認真的對比和思考之後，賈似道挑選出其中一塊全賭的翡翠原石，他看了看上面的標號，還有著翡翠公盤的痕跡。因為每一塊翡翠原石，只要是上了翡翠公盤的，在其表皮上多多少少都會留下一些數字、標號。

賈似道下意識地看了看邊上擺放著的一百八十九標號的翡翠原石。除了最大的那塊獨自擺放之外，其餘幾塊小的原石，已經被整齊有序地堆放到了地下室的角落裏。

要說賈似道對翡翠公盤最大的期待，無疑就是這堆一百八十九號標了。不光是因為這一號標花了賈似道兩千多萬的資金，更為重要的是，在賈似道用特殊感知能力探測的時候，那種怪異的感覺，直到現在，依然讓賈似道充滿了好奇。

此外，從紀嫣然下注的單子裏，以高價搶過來的有機會切出紅色翡翠的原石，也讓賈似道頗有一些淡淡的得意。

當然，這一個晚上，賈似道壓根兒就不可能把這些挑選出來的翡翠原石全部解開來。當一塊選中的翡翠原石切出了玻璃種，卻只是露出了無色翡翠的時候，賈似道尋找帝王綠的熱情，無疑降低了許多。

每一次下刀之前，賈似道都會對著地下室裏那塊巨無霸翡翠原石猛看上幾眼，內心祈禱著，能夠切出類似品質的一塊翡翠來。

只是，賈似道的運氣到了這會兒，似乎是被揮霍光了一樣，不管賈似道是不是把整塊翡翠原石都給徹底解剖出來，想要來個類似於切出「嫦娥奔月圖」那樣的逆天轉折也好，還是賈似道切出了玻璃種綠色翡翠的驚喜，都因為沒有出現帝王綠，而讓賈似道整個晚上的勞作顯得有些徒勞。

不過，在休息之前，賈似道瞥了一眼自己的勞動成果，粲然一笑。

除去沒有帝王綠翡翠出現之外，其他顏色，諸如玻璃種豔綠、玻璃種淡黃色、玻璃種菠菜綠之類的翡翠料子，倒是應有盡有了。這麼一來，許志國到來之後，就有得忙活了。

想到這裏，賈似道忍不住開心地想像著，一個剛剛來到臨海的翡翠雕刻師傅，在人生地不熟的時候，就被賈似道逼迫著，恨不得每天二十四小時都在雕刻翡翠擺件，拿出來的翡翠料子還都是中高檔的。也不知道許志國是不是會和賈似道現在切石的感受一樣：辛苦並痛快著呢？

第十章

行家認可

每一個想要在古玩街開店的人，
不但要獲得至少兩位老一輩行家的認可，
還需要展現出自身一定的實力。
這實力是指在古玩行的某個方面，
比如有一定的眼力，或者有一定的貢獻。
再不濟，古玩店的老闆，
也要是個眾所周知的行內人。

第二天下午，賈似道從廣東賭來的最後一批翡翠原石，也就是從劉宇飛的別墅裏運出來的毛料，終於抵達了臨海。賈似道略微琢磨了一下，最後還是把它們給擱在了別墅裏。

看著日益擁擠的地下室，賈似道很希望阿三古玩店鋪的交涉能夠儘快解決，要是多出一個安全的儲藏室，至少可以讓賈似道的切石和收藏變得方便不少。

正想著呢，阿三打來了電話，彙報了一些關於古玩店鋪的情況。之後，李詩韻也打電話過來說，賈似道想在別墅內部安裝的防盜設備廠家，已經聯繫好了。

賈似道忽然感到，即便他想要繼續尋找玻璃種的帝王綠翡翠料子，也已經沒有多少時間了。

賈似道出於對現在所擁有的翡翠原石的安全考慮，很快就給李詩韻回了電話，然後聯繫上了廠家，談妥了三天之內，由他們派專業人員，帶著全套安全設備，到臨海這邊來安裝，賈似道才算鬆了一口氣。為此，欠下李詩韻一頓飯的承諾，賈似道也心甘情願。

在等待的幾天時間裏，賈似道的生活極其簡單。因為已經過了週末，賈似道自然不好再去古玩街那邊閒逛，阿三那邊關於古玩街店鋪的交涉，賈似道也幫不上什麼忙，只能在別墅裏待著，偶爾切切石，閑來在論壇上蹦躂幾下。

尤為讓賈似道上心的是，他在「天下收藏」的論壇裏做了個調查，想知道論壇上大部分的翡翠飾品愛好者，會不會網購翡翠擺件。

結果頗有點出乎賈似道的意料。這些翡翠愛好者，更多的還是工薪階層，對於極品翡翠擺件，大凡是看得上眼的，基本上都有心收藏，但也僅僅是抱著看過即擁有的態度。而那些價格適中的，比如在一兩千到一兩萬之間的，論壇上大多數的人還是頗為認可的。

畢竟，翡翠飾品對於這些懂行的人而言，他們也知道，要是價格再低一些的話，是絕對不可能買到真品的。

而大家對於購買的唯一要求，就是賣方在論壇上的信譽要比較好，此外，在交易的時候，最好還能有論壇上的其他翡翠行家對這些要交易的翡翠飾品進行把關。說白了，他們就是希望可以以一個比較合理、甚至是低於市場價的價格，買到比較讓自己滿意的翡翠飾品。

如此一來，賈似道倒是覺得，自己想要經營翡翠飾品的話，偶爾在網路上出售一件兩件，還是頗有些門路的。

至於翡翠飾品方面，這一兩千塊錢的價格，賈似道認為，只需要用一些自己切開的翡翠原石中的邊角料，雕刻出一些流行的翡翠飾品來，就足夠了。

當然，如果阿三那邊的店鋪能夠盤過來的話，賈似道琢磨著，他在剛開始經營的一段時間裏，應該會以翡翠店鋪實體店的銷售為主。賈似道可不準備向劉宇飛等人直接購進翡翠成品，這樣一來，許志國前期雕刻出來的翡翠成品，自然是要先放在店鋪裏賣了。

但是，臨海這樣一個縣級城市，說小不小，說大卻也不大。那些真正的極品翡翠飾品，一年或許也很難銷售出去一件。賈似道在網路上的拋磚引玉，或許才能真正打開極品翡翠飾品銷售的門路呢。

要是能以一些中低檔翡翠飾品拉來幾個高檔翡翠的潛在客戶，按照他們的要求，特別定制翡翠飾品，那麼，其中的利潤可遠要比賣十件百件中低檔翡翠成品來得豐厚。賈似道的手裏有足夠多的翡翠料子，可以隨時隨地根據顧客的要求來定制翡翠飾品，這才是賈似道經營翡翠成品最大的一個優勢！

之後整整花了一周的時間，防盜設備廠家才給賈似道的別墅地下室安裝好了全套設備。當賈似道重新站在地下室門口，看著那厚重的防盜門以及一觸即發的警報器時，心裏對於存放在地下室的翡翠原石、古玩瓷器，才算是安心了不少。

賈似道很希望，當阿三那邊的儲藏室交涉過來之後，也能安裝這樣一套安全設備。只是，賈似道頗有些失望，經過長達十天的交涉，阿三最終還是告訴賈似道，要想拿下那間古玩街的店鋪沒問題，但是，要想連著拿下那間在店鋪後面不太遠的儲藏室，卻比較棘手。

這一天，賈似道約了阿三出來，兩個人一起去古玩街那邊實地考察了一下。

那間賈似道有意盤下來的古玩店鋪的位置，他是事先就知道的。但是，古玩街兩邊，大多都是江南的老式房子，尤其是店面部分，基本上都屬於木質結構。

就是「周記」的二樓，也還是木質板層結構呢。難怪周大叔說了，把東西放在「周記」的二樓，即便有了一個保險箱，也不是很保險的。

而整個古玩街的街道並不是很寬敞，就古玩集市的整片區域而言，主要街道還是只有一條，也就是大多數古玩街店鋪所在的街道上。其他小巷只不過是因為和古玩街縱橫交錯著，在一些岔口的地方，才會鋪開來一些古玩地攤而已。

而古玩集市上，小販們擺地攤的地方，則是在古玩街的北段。這邊的街道要稍微寬敞一些。除去擺地攤的位置之外，倒也能讓整條街道上往來的行人顯得不是那麼擁擠。

而在這一段的街道兩邊，除去一些茶鋪、當鋪之外，邊上還有一段段休息的廊道，有幾口水井以及圍繞著水井而建的一些石欄、石桌子、石凳子，用作往來的行人休息之用。而且，所有的建築都是統一格調，都是木質的，有本來就保存下來的，也有後來修葺的，採用生木，建成之後，再用火焰噴槍把木質部分烤上顏色，顯得古色古香。

在閒暇時間裏，也就是非週末的時候，古玩街道上的行人大多數是一些悠閒的老人，在廊道上下下棋，在茶室裏喝喝茶。清晨傍晚之時，會有一些老人家拎著鳥籠子，在青石板上遛鳥，一邊走，一邊還唱上那麼三兩句。真是別有一番悠閒的風情。

當然，此時賈似道和阿三走在古玩街上，卻是倍感幾分冷清和閒逸。

「喏，那邊就是原先計畫好的用來做儲藏室的房子了。」在靠近古玩店鋪的地方，轉了個彎，沒走幾步，阿三就停了下來，用手指了指一幢房子，說道：「那房子所在位置的前面只有一條小巷，從小巷穿過去，就是前面的店鋪。而房子的後門就正對著開闊的街道，完全可以開著車進來，也方便以後貨物的進出。」

賈似道打量了一眼，心裏了然。和阿三所指示的那幢房子幾乎連成一排的，那些外表類似的房屋，恐怕就是周大叔所說的大多數古玩店鋪的儲藏室了吧？不過，要是一些古玩店鋪的後面，沒有現成的房子來充當儲藏室，怎麼辦？

賈似道當即就問出了自己的疑惑。阿三詫異地看了賈似道一眼，說道：「要是這邊沒有的話，難道還不能在其他地方找啊？也就是運送商品來這邊的時候，稍微有些麻煩罷了。」

說著，阿三指了指古玩街道後面的一條幾乎是平行的小巷，說道：「你看到沒有，如果不在這邊找到儲藏室的話，以後運送東西過來，你總不能用普通轎車吧？至少用銀行運送現金的運鈔車，再不濟也是改裝過的商務車。這種款式的車型，只要有錢，還是很容易搞到的。」

「那倒是。」賈似道點了點頭，說道：「要是用運鈔車的話，實在是太招搖了，反而不好。還不如搞輛普通商務車來改裝一下，還比較容易掩人耳目。」

「不過，你難道就沒有發現，即便是以商務車的大小，也很難開進那條小巷嗎？」阿三苦笑著，「至於想要從古玩街那邊把車開進去，尤其還是在週末的時候，你就想也別想了。」

要不是這樣的話，恐怕也不會有這麼多古玩店鋪的老闆，會把自己的儲藏室，這麼集中地選擇在古玩街區這邊了吧？

「那其他儲藏室在別處的古玩店老闆，他們是怎麼運送貴重古玩的？」賈似道問了一句。

「雇傭保安，從小巷的交叉路口那邊搬運過來唄。要不然，還能用什麼辦法？」阿三攤了攤雙手，沒好氣地瞥了賈似道一眼，說道：「不過，小賈，你注意到看中的那家古玩店的店面位置沒有？那個位置，實在是太好了。」

說著，阿三特意指了指古玩店的位置，緊接著說道：「你看，它剛好就處在古玩街道這邊的一個交叉路口，而且還是在古玩店鋪和古玩地攤中間交界的地方。這可是從古玩地攤這邊數過去的第一間啊，這意味著什麼？嗯？」

「對哦，我剛才怎麼就沒想到呢？」賈似道拍了一下自己的腦門兒，「就是說，我可以在不是古玩集市的日子裏，直接開車從古玩街道的北段進來，把東西運送到古玩店裏。」

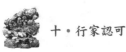

「完全正確！」阿三打了一個響指，「要不然，我肯定不會特意帶你到這邊來考察環境了。」隨後，他還大有深意地瞥了賈似道一眼：「要知道，和那家房主的交涉，實在是有點麻煩。人家的背後，還有我們得罪不起的人。」說著，阿三還聳了聳肩，表示自己很無奈。

對此，賈似道也沒有什麼好說的。阿三都說得這麼明白了，自然是心有戚戚焉了。當即，他就感謝了阿三這十來天的努力，雖然結果是徒勞的，但至少把古玩店鋪給盤下來了。

「對了，你還有什麼好的建議嗎？」賈似道詢問道，看到阿三有些不解的眼神，訕訕一笑，說道：「那個，我是說其他用來做儲藏室的地方，你心裏還有什麼好的選擇嗎？」

「這個可就多了去了。」阿三說著，樂呵呵一笑道：「小賈，你該不會連這一點還需要我來幫忙搞定吧？臨海的房子實在是太多了啊。以你的實力，隨便買一幢過來，改造一下，不就行了？」

「我這不是以為你早就做好打算了嘛。」賈似道推搡了一下阿三的肩膀，嘴角的笑意倒是蕩漾開來。再看了看那邊沒有交涉下來的房子，賈似道心裏也不太在意了。不管是對於臨海的地頭上來說，還是對於古玩街這邊的勢力而言，他賈似道可都只能算是個新人。

想到這裏，賈似道也趁機把馬爺的邀請跟阿三說了，讓阿三幫忙著參謀參謀，自己是不是應該找個時間，先去見一見馬爺。

阿三聞言，先是詫異地看了賈似道一眼，然後贊了一句，賈似道的人際關係還算不錯。隨後，阿三皺著眉頭，略一琢磨，還是認為賈似道應該去拜訪一下。至少，有了馬爺的一句話，再加上還有阿三的二叔公的關係，賈似道在古玩街這邊開店，別家的那些老闆，多少能給他一個面子，不會故意找人來鬧騰。

當然，這也多虧了賈似道開的是翡翠飾品店，和那些古玩店的交集並不是很大。要是賈似道開個瓷器店來玩玩的話，那婁子可就捅大了。

要知道，即便是阿三，也不敢在古玩店這邊橫插一腳，硬是進去開個鋪子出售瓷器呢。如果非要這麼做的話，店鋪是開了，估計生意也不會有。這還是看在阿三的二爺爺份上，阿三自己本身也是行裏人。這其中的規矩，不是三言兩語就能夠解釋清楚的。

反正，不管是誰，要是想要在古玩街上開一家新的瓷器店的話，那幾家老字號的瓷器店的老闆，要是不打點好關係，他們還不會三天兩頭地找熟客來串門，鬧騰點事情出來？

也許是因為搞定了店鋪的事情吧，對於儲藏室的選擇，賈似道倒也不是很著急了。

賈似道先是讓阿三約了個時間，和古玩店鋪原先的老闆見了個面。因為阿三事先都已經把轉讓的注意事項、價格談得差不多了，賈似道過去的時候，一切手續辦理得都很爽快，找了律師，簽了合同，付錢，整個店鋪就水到渠成地成了賈似道的囊中之物。

為此，賈似道還特意請阿三大吃了一頓。當然，僅僅是這樣的感謝，阿三是斷然不會滿足的。說到最後，看著阿三那有點支支吾吾的模樣，賈似道還以為有什麼麻煩事需要自己幫忙呢，誰知道，阿三卻小聲問了一句：「那個，小賈，你的翡翠店鋪裏需要售貨員嗎？」

賈似道不禁捧腹大笑起來。他仔細一問才知道，原來阿三是想要幫自己女朋友的朋友找個合適的工作。這不，賈似道準備在古玩街這邊開個翡翠店鋪，要是讓那女的來做個收銀員，恐怕還會因為出入的金額過大而有點擔心，但要是只做個售貨員的話，應該沒有問題。

賈似道自然是點頭應允了。

阿三又說道：「我聽說，嫣然也去了揭陽那邊，還賭回來不少翡翠原石呢，你應該也遇到過她吧？」

「嗯，她賭下的翡翠原石的確不少，我們還一起參加了翡翠公盤。」賈似道點頭道，「就是不知道，她賭回來的原石切出來之後，都是什麼樣的成色。」

「這個就不用你擔心了。」阿三說，「以你這樣的眼光都能賭漲不少，我對於嫣然賭石的眼光，就更加充滿信心了。呃，說笑，說笑。」看到賈似道那玩味的眼神，阿三當即就轉移了話題：「不過，說真的啊，我最近還真沒怎麼見到紀嫣然了。她好像是在和珠寶協會的一些人在聯繫著，可能是在商量著要搞個什麼活動。」

「賞寶大會？」賈似道情不自禁地問了一句。這事在這幾天裏，可是一直壓在賈似道的心頭呢。要說賈似道不想去那邊看看，長長見識，那絕對是假的。一聽阿三說紀嫣然是在準備著什麼活動，當即就想到了這件事。

結果，阿三很肯定地回答了一句：「不是。」

賈似道頓時有些大失所望。

看到賈似道的不解和沮喪，阿三搖了搖頭，苦笑著說：「賞寶大會，那是省裏的活動，即便紀嫣然會參加，也還輪不到她去組織。應該是市裏的什麼活動，我對這個興趣不大。與其削尖了腦袋去參加那些活動以圖出名，還不如每週在這邊的古玩街上淘點什麼東西出來，更加輕鬆自在。」

「那你就沒想著，把你的收藏玩得大一些？」賈似道按捺下心思，轉而打趣起阿三來。

「你以為想玩大點，就能玩大點啊？」阿三苦笑了一下，隨後卻沒有再理會賈似道的打趣。對於阿三這樣的人，並不在意自己的名氣有多大，而是更加看重自己的眼力以及所擁有的收藏。臨別的時候，阿三還特意解釋了一下，等到賈似道的店鋪開張的時候，他是一定會來捧場的。另外，開張之前，那些經營證件什麼的，他都可以幫忙搞定，只需要賈似道提供名字和資料就成了。

當然，最為重要的，阿三還聲明，他女朋友的朋友，可是個漂亮的女人。他湊到賈似道耳邊，說了一句：「人家可是單身的，小賈，你可要把握機會哦。」

賈似道心裏不禁懷疑和好奇阿三的動機，但阿三信誓旦旦地拍著胸口說道：

「我賭上我女朋友的名義，那女的絕對是個美女。而且，現在真的還是單身。」

賈似道也只能默然地把那一絲懷疑給放到心底了。

緊跟著在回來的路上，賈似道遇見了一個熟識的古玩攤販小馬，雙方寒暄了兩句，聽說賈似道要開新店鋪，他也很上心，說到底，與其在地攤上把東西出售給別人，還不如自己找個合適的門路，把東西給有實力的行家掌掌眼，能售出高價不說，還能搞好關係。何樂而不為呢？

和小馬分別之後，賈似道又抱著期待，搭車去了周富貴的廠房那邊。

這也算是賈似道想要瞭解馬爺的興趣愛好的一種途徑，畢竟，周大叔和馬爺之間還是有過交易的，應該多少能知道一些具體的情況。很多時候，到了需要用的時候，賈似道才感到，自己的關係網實在是太狹窄了一些。

廠房這邊，周大叔本人並不在。賈似道問了一下邊上的工人，才知道周大叔臨時出去有事，應該過些時間能夠回來，賈似道也不在意。

反而是從揭陽那邊過來的許志國，前幾天就到了臨海了。賈似道就先讓他在周大叔這邊的廠房裏幹著，而隨著他一起到來的，還有劉宇飛給賈似道準備的全套切石、雕刻工具，賈似道也全部都給弄到了周大叔的廠房這邊。

當賈似道進到廠房裏面的時候，看到許志國正在認真地解剖著一塊翡翠原石，還是原先周大叔切割出來的那一塊，這要雕刻的時候，和剛開始切石那會兒的解剖，又有著少許不同。

看到賈似道進來，許志國的臉上浮現出一絲笑意，對著賈似道說：「老闆，這塊翡翠料子，我琢磨著，還是切開來，先弄幾副手鐲出來，你覺得怎麼樣？」

「哦，怎麼說？」賈似道可是記得，這塊料子在周大叔剛切割出來的時候，還在規劃著是不是雕刻成一個大件的翡翠擺件呢。

「這不是剛要開個翡翠店鋪嘛，要是沒有這些常見的翡翠款式充場面，即便擺一個大的擺件，也是無濟於事的。」許志國的年紀僅僅比賈似道大一歲，從他以前做的翡翠擺件來看，就知道他是個非常有性格和有主見的雕刻師。在性格上，也是比較自來熟。

這不，許志國第一天到來的時候，剛一見面，他就很自然地喊賈似道「老闆」，賈似道也推脫不掉，只能由得他去了。倒是賈似道自己，也沒特別在意兩個人年紀上的大小，開口喊他「小許」，並且也跟他交代了一下自己目前面臨的情況，讓他抓緊時間，在店鋪開業之前多雕刻一點翡翠飾品出來。

許志國自然是滿口答應下來了。

賈似道越過許志國，走到邊上，拿起幾件許志國已經雕刻好了的翡翠掛件和手鐲、戒面之類的翡翠飾品，認真地看了起來。許志國的手藝還真是不錯，在手鐲、戒面上，暫時還看不太出來實力，畢竟這些東西太傳統了，也太依賴翡翠本身的成色了，如果翡翠本身的質地、水頭、顏色都是極品，那麼，即便是手藝稍微差一些，只要還過得去，就不太會影響到其價值。但要是其他需要手藝的擺件，卻又是另外的說法了。而且，現在這些翡翠飾品，都還沒有徹底完成拋光工序，和那些市面上流通出售的翡翠成品，自然還有著不小的差別。

賈似道比較了一下，用阿三切割出來的那塊冰種俏陽綠翡翠料子打磨出來的兩個戒面，明顯要比其他邊角料打磨出來的戒面、手鐲光鮮許多。

賈似道琢磨著，光是其中一個戒面，恐怕就得十幾二十萬的價格了。至於具體定價多少，賈似道準備去附近的幾個大城市，諸如杭州、寧波、上海的翡翠商店裏去看一下，探一探行情。

如果是相同品質的翡翠飾品，定價自然是不能比他們的價格高了，但是，要是一味低價，差距太大了，也是不行的。這樣一來，無疑會被看成是向其他店鋪的挑釁！

畢竟，翡翠行裏，賈似道一個人賺錢了，也不能堵了別人的財路。

當然，那些以次充好的店鋪，特別抬價起來想要欺騙消費者的，那些所謂的公開價格，賈似道就沒有必要去理會了。

賈似道再看邊上的幾個翡翠掛件。如果說，翡翠手鐲、翡翠戒面更多的是依賴翡翠本身的大小、質地來決定價格的話，那麼，這些樣式各異的掛件，哪怕最為流行的始終是觀音、雙蝠捧壽的俗套款式，但是雕刻手藝細節上的差別，還是定價中很大的一個因素。

即便是絲毫不懂行的人，隨便想想也能知道，同樣的翡翠掛件，一個栩栩如生的觀音雕像，總要比死氣沉沉的觀音雕像來得值錢吧？

賈似道翻看著許志國雕刻出來的掛件，嘴角不禁淡淡地浮起一絲笑意。就其中的幾個掛件而言，還是很好地體現了許志國粗中有細的手藝。

這才是賈似道一直以來，都要找到一個手藝高超的翡翠雕刻師傅的原因。

就好比這些掛件裏的一個猴子偷桃掛件，光是從掛件的大小，就能很明顯地看出來，因為材料大小的局限性，使得整隻猴子的佈局在雕刻的時候顯得有些局促，但是，那顆桃子部分的大小，卻又跟正常的一樣，甚至比一般的還要更碩大一些。

如此一來，猴子本身比起桃子來，就要顯得小上一號了。要是按照正常的造型而言，普通手藝的雕刻師傅大多是會選擇把桃子部分的翡翠料子給打磨掉一些，從而保持整個掛件比例大小的平衡。

只不過，這樣的選擇有利也有弊。這樣，翡翠掛件的形態是很協調了，但是，要知道，一件翡翠飾品的價值，在不考慮手藝、質地、顏色等因素的時候，其大小也是決定一件翡翠掛件的價格因素之一。要是桃子部分的大小因為打磨而損失的話，無疑在雕刻的起步階段，就已經讓這件翡翠掛件損失了不少價值。

而許志國寥寥幾筆的勾勒，就讓這隻猴子顯露出一種稚嫩的神態，在展現牠是一隻小猴子的同時，也用誇張的手法，讓這隻猴子看起來更具備了一些喜感。

這麼一看，倒是不顯得整件作品不協調了，反而還迎合了一些年紀較小的顧客的審美眼光。尤其是那猴子誇張的形態，不說巧奪天工吧，至少沒有讓這樣一件因為材質的比例大小而有些瑕疵的翡翠掛件成為一件殘次品。

對此，賈似道感到非常滿意。

「對了，小許，這幾件翡翠掛件，看來你頗是用了一些心思啊。」賈似道對許志國贊了一句，「只不過，就這些掛件的數量而言，還是顯得有些少啊。」

「老闆，這也是我剛才要說的。要知道，在這幾天的時間裏，能雕刻出這麼幾件翡翠飾品來，我已經是在加班加點地幹活了，這還是儘量雕刻傳統的翡翠掛件和手鐲呢。如果是其他翡翠擺件，設計需要花費時間不說，雕刻起來也會更加棘手。」許志國考慮著說，「就好比眼前這塊翡翠料子吧，想要整體雕刻成翡翠擺件的話，光是設計圖形，就要用上十天半個月的。而一旦開始雕刻，並且想要東西上檔次的話，所花費的時間，恐怕也不是三五天就能夠完成的。」

「嗯，這個我知道。」賈似道說道，「如果這塊料子真的適合雕刻成大型擺件的話，我自然是希望雕刻出來了。畢竟，要是雕刻成翡翠手鐲之類的，其他料子還是有很多選擇的餘地的。」

「其他料子？」許志國臉上苦笑一下，說道：「老闆，您再好好看看，這地方還有其他翡翠料子嗎？」

賈似道略微一打量，這眼前的翡翠原石，不都是自己的嘛，許志國怎麼就說沒有料子了呢？隨即一想，賈似道就醒悟過來了。看來，還是自己太大意了。不說一般的翡翠公司是怎麼規定的吧，像「劉記」那樣的大公司，要是沒有切開來的翡翠原石，這些雕刻師傅是絕對不會去碰的。

賈似道上一次在廠房這邊切出來的四塊翡翠原石中，阿三所切出來的那一塊冰種俏陽綠這部分已經做成了翡翠戒面，另外的片綠冰豆種那一部分，做成了幾個小型翡翠掛件。至於阿麗切出來的那一塊，壓根兒就上不了檔次，完全不在賈似道的考慮範圍之內。

此外，賈似道自己切出來的那一塊，又被周大叔給搬到儲藏室裏放起來了。許志國琢磨來琢磨去，也就只能拿周大叔切出來的這塊翡翠料子動手了。想到這裏，賈似道嘴角微微一笑，說道：「看來，還是我的失誤了。等一下，我運一些翡翠料子過來就好了。」

畢竟，眼前的這些翡翠原石，既然是沒有切開來的，賈似道也就不準備馬上就切石，時間不允許啊。賈似道還琢磨著，找周大叔帶著一起去拜訪一下馬爺呢。而賈似道別墅的地下室裏，倒是還有不少翡翠料子，應該可以拿過來應急。

而且，那邊已經切出來的翡翠原石，大部分的翡翠質地可都是玻璃種的。只不過是顏色沒有那麼極品罷了。誰讓賈似道為了找到玻璃種的帝王綠，給優先有選擇地切出來了呢？

「老闆，你該不是在其他地方，還有不少翡翠料子吧？」許志國說話時，還特意看了一眼廠房裏的翡翠原石，心裏微微有些震驚。

「呵呵，那是自然的，要不然還開什麼翡翠鋪子啊。」賈似道笑著說，「反正啊，你要想一直雕刻下去的話，我一定能夠滿足你的用料需要就是了。」

「你這是赤裸裸地壓榨我的勞動力啊。」許志國也許是為了掩飾自己內心裏的驚訝，誇張地說了一句：「不過，我說老闆，你既然有這麼多翡翠料子，又打算所有出售的翡翠成品都依靠自己雕刻出來，為什麼不多找幾個雕刻師傅呢？」

「你以為我不想啊。」賈似道沒好氣地回了一句。

「老闆，你要是想找雕刻師傅，讓進度更快一點的話，找我們揭陽地區的雕刻工，實在是有些失誤。其實，我們最擅長的，還是精雕細琢。」許志國猶豫了一下，才說道：「像雕刻一個擺件什麼的，我們的確是比較在行。但要是打磨手鐲之類的，我們雖然完全可以勝任，但是速度上卻有點慢了。」

「呵呵，這個我倒是知道。揭陽地區的翡翠雕刻師傅，都是講究細節的嘛。」賈似道壓根兒也沒想過，要通過快手雕刻來擺弄自己的翡翠料子。他看了看擺在眼前的這塊翡翠料子，就整體而言，還真是適合雕刻成一個大型擺件，但要是讓許志國這麼幹了，其他翡翠成品雕刻要怎麼辦呢？

「對了，小許，我琢磨著，這些翡翠料子，還只是我的一部分存貨而已，現在只有你一個人在這邊雕刻的話，短期內是有些捉襟見肘的感覺了。你有什麼雕刻手藝還不錯的朋友嗎？介紹他們來這邊好了，工錢上絕對優待。」既然從劉宇飛那邊招不來雕刻師傅，賈似道也只能嘗試一下，讓許志國去言傳身教，應該會比較有吸引力一點吧？

「老闆，想要從揭陽那邊找師傅過來，難度還是比較大的。」許志國攤了攤手，「那邊的雕刻師傅，手藝都是一輩輩傳下來的，而且大多數還是拖家帶口的，像我這樣的單身漢子可不多。不過……」許志國口氣一轉，「要是老闆你能去揚州那邊一趟的話，或許能從那裏找幾個手藝出眾的雕刻師傅過來。」

「揚州？」賈似道眉頭一跳，嘀咕了一句：「還真是個好地方呢，我怎麼就把那裏給忘記了呢？」要知道，說到雕工的話，揚州的雕工還是非常出名的！

和許志國交流了一陣子，賈似道就看到了周富貴的身影。賈似道走過去，向周大叔詢問了一下馬爺那邊的情況，周大叔就像阿三初聞這個消息的時候所表現出來的神情一樣，也是微微有些驚訝和詫異，緩了緩，才感歎了一聲，賈似道的運氣真不錯。

當然，聽了賈似道受到馬爺邀請的原因之後，周大叔更是為此而大加讚賞賈似道。

「玩古玩嘛，那些作舊、碰瓷什麼的，都是小門小道，上不了台面，也不是長久之計。要是想做大的話，就一定要守這一行的規矩。傳承有序，無愧於心，才是正道。」周大叔說道。

隨後，賈似道從別墅裏拉來了不少玻璃種質地翡翠，讓許志國高興得眉開眼笑的同時，也著實把周大叔給震撼了一把。

傍晚，賈似道就跟隨著周大叔，一起來到了馬爺的住處。

當然，事前周大叔也給馬爺打過電話，聯繫好了見面的時間。

當周大叔的車停在一棟外表看起來普通至極的樓房前的時候，賈似道的心裏還有點惴惴不安的感覺。他下了車，跟隨著周大叔一起上了樓，伸手按響了門鈴，門裏出來一位中年婦女，探頭看到是周大叔，應該是熟識的，笑呵呵地問了一聲好，就把兩個人給迎了進去。

周大叔回頭小聲對著賈似道解釋了一句：「這位是馬爺的兒媳婦。」待到進了房間之後，整個客廳裏古色古香的陳設讓賈似道很驚訝，他幾乎都愣住了，有些反應不過來。不要說是與這房子的普通外表不相符了，就是和賈似道猜測的馬爺家中的景象，也是相差了很多。

賈似道不是沒有去過古玩行家的家中。就說阿三的二爺爺，衛二爺的家吧，那份閒適，就頗讓賈似道欣然神往。而在上海李甜甜的家裏見到的李太爺爺，雖然不是經常住在上海，但是那房間裏的陳設，也顯現出古玩大家的氣度。

但是，那些都比不上馬爺的客廳給人的感受深刻！

從門口一進來，一抬頭，就可見正面牆上，有一個雕著喜鵲登梅圖案的仿古窗櫺，在下面的條案上，擺著兩隻青花瓷的瓶子。賈似道在瓷器上的眼力還不夠到位，一時間很難分辨其真假。但是，就衝著這兩隻青花瓷瓶子是擱在馬爺家裏的，就分外有看頭。

此外，還有幾張蒼勁有力的墨寶，幾幅大小不等的頗有閒情雅致的花鳥圖畫，一一進入賈似道的視線。那種古樸典雅的氣息，著實讓賈似道大開眼界。

而更為重要的，恐怕還是這些看似繚亂的，風格不太統一的玩意兒，就這麼簡簡單單地陳設著，四下裏環視一周，卻顯得頗有幾分靜逸的感覺。這種氛圍，不刻意，不做作，不媚俗，不顯擺，難能可貴。

都說從一個人的衣食住行，就可以看出一個人的品性。賈似道的心頭，驀然間浮現起一個想法：難怪在古玩街的那一次偶然相遇，賈似道這個新手就能入得了馬爺的法眼呢。

或許，只有真正的行家，才會有如此眼光吧。

「這些玩意兒可都是我早年淘換來的。怎麼樣，感覺還不錯吧？」正當賈似道的神思有點飄忽的時候，馬爺的聲音輕飄飄地在賈似道的耳邊響起，讓賈似道瞬間回過神來。賈似道當即就贊了一句：「的確是讓人欣然神往啊。」

隨即，似乎是察覺到自己的言行有些莽撞了，賈似道微微一欠身，說道：「馬爺，您好，剛才我有點情不自禁了。」

「呵呵，沒事，年輕人嘛，就應該隨意一點兒，就當是回到了自家裏，就行了。」馬爺樂呵呵地說，「不用太拘束，老頭子我的為人，還沒有到這麼讓人害怕的地步吧？」

「馬爺，您說笑了。」賈似道客氣了一句，心裏卻鬆了一口氣。

「馬爺，要不是我都已經來過您家裏好幾次了，我也會和小賈一樣，被您這裏的擺設給唬得一愣一愣的。」周大叔在邊上插了一句，「即便這樣，我每一次來，都覺得不想離開呢。」

「呵呵，周大哥，您是說笑吧。」邊上馬爺的兒媳婦聞言，笑著說：「我家老爺子剛才還在嘀咕，一個人太清閒了。要不，您就在這裏小住幾日，正好和老爺子對弈幾局，也免得他一個人盡看著他的那些寶貝，連飯都顧不上吃了。」

「我的棋藝怎麼能和老爺子比啊！」周大叔臉一紅，當即把頭給撇到一邊。到了此時此刻，賈似道的心神才算是徹底放鬆了下來。

「走，兩位去我的書房裏坐坐吧。」也許正如馬爺的兒媳婦所說的那樣，馬爺正一個人清閒得有些發慌吧，這不，賈似道和周富貴剛進門來，馬爺就邀請兩個人一起進到書房裏去了。這不由得讓賈似道的心裏微微一喜。

周大叔忙給賈似道遞了一個眼神，賈似道當即就把手裏提著的禮物，遞給了馬爺的兒媳婦。對方看了馬爺一眼，似乎是有所顧忌，待到馬爺把眼神看向周大叔的時候，周大叔才訕訕地笑著說：「我們小輩來看望您，一點兒心意，沒什麼特別的東西，就是一些您老愛吃的，不信，您可以讓阿媚打開來看看。」

「你小子啊，這麼大個人了，還這麼滑頭！」聽到周大叔如此說辭，馬爺不禁沒好氣地說了一句。隨後，默不作聲地搖了搖頭，一邊感歎著，一邊往書房裏走去。馬爺的兒媳婦也就順手收下了賈似道手裏的東西。

看到此番景象，賈似道仔細琢磨著，也沒琢磨出個所以然來。恐怕，還是周大叔在中間起到的作用比較大吧。

周大叔扯了一下賈似道的衣袖，又遞了一個眼色過來，應該是做得還不錯的意思。賈似道振作了一下，當即就跟隨著兩個人，一起進到了書房裏。

相比起客廳裏的那種古樸典雅的感覺而言，書房裏的陳設倒是更加簡單。不過，即便賈似道再怎麼不懂，也可以感受到，書房裏的玩意兒更加有底蘊一些。小巧，別致，墨香，才是這個書房的主題。

書房正中間，是一張體積碩大的紫檀木桌子，看不出是什麼年代的。而邊上的四把黃花梨靠背木椅，賈似道倒是見過類似的樣式，屬於典型的明代晚期的工藝風格，透著一股雋秀之氣。

而在紫檀木桌面上，有一隻硬石雕刻而成的獸形鎮紙，形態很逼真，張牙舞爪的，遠遠看著就感覺頗為威武。尤其是從表面的痕跡來看，使用的時間應該比較長了，透著古樸和滄桑的感覺。仔細地多看了幾眼，賈似道倒是可以判斷出來，應該是類似於青田石的材質，可以確定是一件老東西。

此外，書案上還擺放了一些文房用具，硯台、狼毫筆、宣紙等。

東西不少，卻都是一些用慣了的玩意兒。那方硯台上，還留著些許墨汁，並未乾透。想來，對馬爺而言，偶爾潑墨揮毫，也算是一份意趣和雅興了。而且，像馬爺這個年紀的人，多少都會鍾情於中國書畫。

賈似道的腦海中，不由得浮現起周大叔所說的對於馬爺的印象，正如古玩街的小販們所傳言的那樣，馬爺涉趣很廣，幾乎對於任何類型的古玩，都頗有些心得，特別偏愛文房四寶。

這會兒，賈似道已經注意到，在馬爺的書房裏，靠牆的一排書架上，整齊地擺放著各種書籍，其中雖然以字跡泛黃的線裝古籍珍品居多，但是卻絲毫不妨礙馬爺對於硯台的喜愛。在靠牆的書架上，特意留出了一些位置，陳列著不少硯台，各種樣式的都有。

而賈似道心裏琢磨著，既然光是擺出來的就有這麼多了，不下十幾方，真要深究起馬爺的家中有多少硯台來，就可想而知了。可以肯定的是，這裏擺放著的十幾方硯台，絕對不會是馬爺的全部藏品。

至於另外的一些小東西，像一些軟玉小掛件，放在靠近門口那一端的一個小型木案茶几上。茶几上還擺放著一套清潔素雅的茶具，讓整個書房多了幾分閒適的意趣，更不要說牆壁上那幾幅已經裝裱好的字畫了。

看著那蒼勁有力的字跡以及落款，賈似道細心地注意到，這些竟然都是出自馬爺自己的手筆。足可見馬爺是個雅致的人，對自己的書法充滿了十足自信。要不然，怎麼可能在客廳裏還掛著幾件名家大作呢，這會兒在書房裏就懸掛上自己的作品了。

賈似道自身的書法修養明顯不夠，而對於別人的字畫，也完全算不上瞭解，所以他也不好在這邊兀自評說。所以他只能聽著周大叔一邊欣賞著字畫，一邊發出讚歎，侃侃而談。多聽多看之下，他也算明白了幾分書畫的真味。

「呵呵，小周啊，你就別在這裏吹捧我老人家嘍，聽得我耳朵都紅了……來，來，坐下說話。」馬爺臉上的神情挺樂呵，一邊說著，一邊指了指擺放著的四張椅子。

看到周大叔落座之後，賈似道才跟著坐了下去。幸虧賈似道的個子比較高，體型也算是較為適中，一坐下去，倒是感覺這張黃花梨的木椅，竟然與自己的身材分外合適，似乎就是量身定做的一樣。賈似道心裏兀自遐想開來，是不是自己以後也弄幾把類似的椅子呢？

這時，賈似道就把自己前來拜訪的目的，痛痛快快地說了出來。在來之前，周大叔就說過了，馬爺是個痛快人，要是有什麼話，還是開門見山地說出來比較妥當。

當然，說話的場合、時間，還是頗有講究的。從進門開始到現在，周大叔一直都在調和及試探馬爺今天的心情。這才有了剛才周大叔一系列的頗為熟稔的表現。坐到黃花梨木椅上之後，周大叔還特意給了賈似道一個「時候到了」的示意，賈似道自然要把握住機會了。

而賈似道所表達的意思，其實也很簡單。

一來，就是想要感謝馬爺的提攜。畢竟，在古玩街發生的那件事，賈似道還是留給了馬爺很好的印象的。二來，賈似道也說明了自己準備在古玩街這邊開個翡翠店鋪的事，店面已經盤下來了，位置嘛，不用賈似道說明，馬爺也能夠猜得出來。最後，賈似道自然是請馬爺多多關照一下了。

而當賈似道剛開始說的時候，馬爺還是頗為認可地一邊聽著，一邊點著頭。當聽到賈似道準備在古玩街開店的時候，馬爺臉上的神情微微一滯，隨即就淡然地舒展開來。

據周大叔所說，每一個想要在古玩街開店的人，不但要獲得至少兩位老一輩行家的認可，還需要展現出自身一定的實力。這個實力並不是指資金上的，而是指在古玩行的某個方面，比如有一定的眼力，或者有一定的貢獻。再不濟，古玩店的老闆，也要是個眾所周知的行內人。

周大叔的「周記」開業之前，周大叔就經歷了好一番的周折。

當然了，即便賈似道不準備開古玩店，經營的是翡翠店鋪，周大叔琢磨著，老一輩的認可還是必需的。馬爺聞言之後，沉吟了約莫兩三分鐘，才笑呵呵地問了一句：「小賈，開個店鋪是好事。不過，你怎麼想到把翡翠店鋪開到古玩街呢？」詢問的時候，馬爺還特意看了周富貴一眼。

周大叔當即就解釋了一句：「馬爺，您可別看我，這可不是我出的主意。」

周大叔當即就先把自己給撇清了，賈似道在邊上也十分配合地點了點頭。周大叔這才接著說道：「要知道，我自己都還經營著軟玉生意呢，而且也還捎帶著賣不少翡翠飾品。要是小賈的翡翠店面一開張，我的生意肯定會受到影響的。」

「你小子，這倒說的是真心話。」馬爺微微一笑。

「那個，周大叔……」賈似道剛想說幾句表示歉意的話，周大叔卻伸手阻止了他，賈似道眼神中略微有些詫異。

周大叔笑道：「翡翠飾品的生意，對於我來說，其實也就是我閑著隨便玩玩的，算不得數。『周記』主要還是靠軟玉類產品賺利潤。而且，我對於翡翠的眼力，可比不上小賈你啊。」

「哦，小周，一陣子沒見，你竟然也有服人的時候啊，我可要對你刮目相看了。」馬爺先是詫異地看了周富貴一眼，隨即認真地打量起賈似道來，似乎是在琢磨著，賈似道在翡翠一行，究竟有著什麼樣的過人之處。

而那一句「刮目相看」，恐怕更多的是衝著賈似道來的吧？

馬爺把話說到這個份上，賈似道不好自己接口，說自己的能力怎麼樣。倒是周富貴，在邊上幫著說了一些賈似道的事蹟，比如賈似道如何從一個新手，在「周記」賭漲了一塊翡翠原石，再到雲南之行，接著參加了揭陽翡翠公盤等等。

至於切出了什麼樣的極品翡翠，像億年玉蟲、春帶彩等等，周大叔說的也是事實，語氣雖然波瀾不驚，但是，賈似道的賭石經歷在常人看來，本身就是一個奇蹟了。周大叔的話，倒也讓馬爺聽得分外入神。

馬爺聽著周大叔說話，偶爾還會向賈似道瞥過去一眼，賈似道也只能憨憨地笑笑，並沒有往深處去想。反正，即便馬爺要他拿出那些翡翠珍品來看看，賈似道也無所謂。畢竟，按照周大叔所說，賈似道實際上的傳奇只多不少。

末了，馬爺長長地舒了一口氣，誇了一句：「好小子，比楊啟那小子當年的事蹟，還要更出色啊。」

「馬爺，說起來，我和楊總也是認識的呢。」為了安馬爺的心，賈似道便把和楊啟的關係說了一說。當然了，兩個人之間的矛盾是不會說出來的。

「呵呵，認識好啊。認識的人多了，才能淘到好東西，才能開門做生意……」馬爺樂呵呵地笑著說。

本來，賈似道還以為，到了這會兒，馬爺應該點頭認可自己入行了，即便不認可，也應該有所表態了。可是，馬爺卻微微眯起了眼睛，眼神有意無意地在自己書房裏轉悠著，不打算開口了。而整個書房裏，安靜得有些讓人透不過氣來。

正當賈似道心裏疑惑萬分，想要詢問周大叔的時候，馬爺忽然開口了，另有所指地問道：「小賈，你應該對古玩也有所涉獵吧。」

「是的。」賈似道應道，「不過我入行的時間很短，到目前為止，學到的都還是一些皮毛，只是對於中國古代的文化，像瓷器、文房用具還比較嚮往。」瓷器一直都是賈似道的興趣所在，而文房用具自然是應時應景，附和著馬爺的興趣愛好說出來的。

果然，就在賈似道剛答完的時候，馬爺就贊了一句：「好！難得啊。」

隨後馬爺感慨了一番，說道：「現在的年輕人，對於老祖宗流傳下來的東西，能上心的已經不多嘍。就說這文房四寶吧，雖然大多數人都知道是什麼，但是真要能說出一點門道來的，卻寥寥無幾。」

說完，馬爺長吁短歎了一會兒。對此，賈似道和周大叔對視了一眼，分明看到了各自臉上的一絲笑意。

不過，就在這麼一瞬間，馬爺的眼睛微微有些張大，對著竊喜的賈似道和周大叔兩個人露出了莞爾的微笑，一閃而逝，卻沒被賈似道和周富貴注意到。

當賈似道和周大叔兩個人正襟危坐，準備繼續等待馬爺的說辭時，馬爺卻轉著頭，看了看自己書房中的陳設，這一次的舉動，要比剛才瞇著眼睛察看的那會兒明顯了許多。看了一圈下來，馬爺指著一方石硯，風輕雲淡地問道：「小賈，剛才你提到了，對於瓷器、文房四寶還算是有點興趣，那麼，我就認可你也算是個行裏人了。既然你都上門到老頭子我的家裏了，想必是希望我這個老傢伙和那些古玩街的人知會一聲吧？」

見到賈似道和周大叔都認真地點了點頭，馬爺也不在意，接著說道：「既然這樣，那我就按照規矩問一下，你能告訴我這方石硯的來歷嗎？」

頓時，周大叔的臉色就有點兒鬆垮了下來。不光是周大叔，就連賈似道，神情也為微微一愣。說起來，就在馬爺用手指著那方石硯的時候，賈似道的心頭就驀然浮現出一個不好的念頭。

果然，這邊的賈似道還沒理出頭緒呢，馬爺就直接詢問了出來。

在來這裏之前，周大叔不是沒有猜到，馬爺或許會提問考驗一下賈似道。所以，在賈似道詢問起馬爺的興趣愛好之後，周大叔就建議賈似道好好地去看一看這方面的資料。賈似道也這樣做了，來了個臨時抱佛腳，待在家裏看了一天有關文房用具的資料。雖然不一定派得上用場吧，卻也留了個心眼，有備無患嘛。

賈似道抬眼順著馬爺的手指示的方向看去，在靠牆角的書架上，那十幾方硯台中，有一方比起其他的來，外表非常樸素，可以說，在這麼多硯台中，反而非常顯眼。瞧著那方硯台的模樣，賈似道在心裏和自己看過的資料對比了一下，隱約覺得，似乎在什麼地方見過類似的。只是，具體的名字有點說不出來了，更不要說這方硯台的來歷了。

「馬爺，硯台這種玩意兒，種類還是比較多的，而且古來有之，歷史上圍繞著硯台的故事也有很多很多。」周大叔在邊上插科打諢地說，「真要明白其中的門道，恐怕沒個三年五載的工夫，也很難入門吧？不過……」說著，周大叔也有點說不下去了。

正當周大叔準備向馬爺坦白的時候，賈似道卻一拍自己的腦門兒，喊了一句：「對了，這應該是一方澄泥硯。」

馬爺和周大叔聞言，眼睛同時一亮。馬爺自然是想不到賈似道還真有點兒斤兩，能說出硯台的名稱來，這樣至少不能說賈似道對於硯台沒有一點研究，也不能斷言賈似道先前所說的對於文房用具頗有興趣的話，是誇張之詞了。而周大叔則是在心裏慶幸，幸虧賈似道多少還知道一點。看了看馬爺的神情，周大叔眼角的笑意便濃了起來，想來，這方硯台的確就是澄泥硯無疑了。

要是馬爺再具體下問，賈似道完全可以推脫說自己是個新手，更多的細節暫時還不是很清楚。想來，在馬爺知道了賈似道幾個月前還是新手，這幾個月又大多是在賭石的情況之下，應該能僥倖過關了。想到這裏，周富貴的心裏有點樂滋滋的感覺。

「呵呵，好，不錯，有點兒眼力……」馬爺倒也爽快，既然賈似道能認出來，總的來說，算是過關了。雖然，馬爺的問題問的是硯台的來歷，但是，對於一個年輕人，又不是專業玩硯台的，自然不能以高標準來要求了。

不過，賈似道卻趁此機會解釋了一下：「馬爺，說來慚愧，我對於硯台的研究和學習，其實也就是最近幾天才開始的。真要說起來，真正的接觸並不多。恐怕，對於硯台的認識，還要追溯到小時候，被老師逼著練毛筆字那會兒了……」

「小賈……」聽到賈似道的話，邊上的周富貴忍不住開口叫了一聲。

「呵呵，周大叔，我說的可是實話。」賈似道罷了罷手，接著說道：「我剛才之所以能說出這方硯台的名字，主要還是因為，這個樣式的硯台名氣比較大。想來，馬爺剛才拿這方硯台來問我，應該不會是存著刻意刁難我的心思。要是問其他幾方硯台，我可能就沒那個運氣，能說出它們的名字來了，就更不用說知道它們各自的來歷了。」

「哦，看來，小賈，你懂得還挺多的嘛，竟然知道這方硯台。也算是真的對硯台有點興趣和研究了。」聽了賈似道的敘述，馬爺倒是主動把話題給轉移了。

而看到馬爺臉上的神情，對賈似道漸漸浮起暖暖的微笑，周大叔的心裏忽然就想明白了賈似道所作所為的目的，一時間，更是對賈似道刮目相看。

從現在馬爺的表情來看，無疑馬爺早就看出了，賈似道之所以說對文房用具有點兒興趣，只不過是投其所好罷了，也無怪乎馬爺會用一方比較出名又比較別致的硯台來考究賈似道的眼力了。

要是賈似道一眼就看出硯台的來歷，自然是說的實話。但像現在這樣驚喜地說出硯台的名字來，無疑就暴露出賈似道的基本功不夠扎實了。

如此一來，賈似道對於文房用具的基礎知識有多少斤兩，也就盡收馬爺的眼底了。恐怕，賈似道的心中也很明瞭。所以，與其藏著掖著，還不如直接坦白。

這以退為進，不正好符合了周富貴自己說過的馬老爺子的性格嗎？馬爺喜歡直接一點，不要弄那麼多彎彎繞繞。

這一點，從現在馬爺臉上的神色，就完全能夠感受得出來。要不是賈似道當場就坦言，恐怕今天的事情還真的不太好辦了。能夠在古玩一行有現在的名氣，以馬爺的閱歷和眼力，難道還看不出賈似道和周富貴的那點小伎倆？

周富貴不由得訕訕一笑，說道：「馬爺，看來，您應該早就看出來了吧？其實，您的那點喜好，也是我告訴小賈的呢。」

既然賈似道都坦白了，周富貴也不好再扭捏了。

「你小子，就是不學好，老頭子我可還沒到老到老眼昏花的地步呢。」馬爺呵呵一笑，算是揭過此事了。轉而馬爺看了一眼剛才指示過的硯台，意有所指地說：「不過，你小子還是不如人家小賈啊。小賈這孩子的脾氣，比較合我的心意……好，老頭子我啊，明天就給你們放出一句話來。」

「謝謝馬爺。」賈似道和周富貴不禁心裏一喜。這還真是山重水複疑無路，柳暗花明又一村啊。

「不過，你們兩個啊，也別高興得太早。古玩方面的知識，還是需要儘量多地掌握一些，尤其是基礎知識。」馬爺一邊說著，一邊莞爾地搖了搖頭，說道：「小周，你我就不多說了，都這麼大個人了，我說得多了，反而過了。而且，衛家的人，可就要嫌老頭子我多嘴嘍。」

「哪能啊。」周富貴當即就應了一句。衛家的人，自然指的是周富貴的師父衛二爺了。

「在這一點上，不用你說，老頭子我還是有自知之明的。」馬爺轉而對著賈似道說，「小賈，如果以後有什麼不懂的，或者沒把握的東西，可以直接拿過來。老頭子我可以幫你把把關，這點眼力我還是有的。也免得你以後出去打眼多了，壞了老頭子我這個推舉人的名聲！」

「是！」賈似道恭敬地說了一句。

至於馬爺最後所說的一句，即便不用馬爺解釋，賈似道也知道，那是當不得真的，只不過是馬爺給自己找的一個台階下而已。說白了，還是賈似道這一次「坦白」的舉動，和賈似道在古玩街幫助那個年輕人應付碰瓷的攤販一樣，贏得了馬爺的好感。要不然，一切都是白搭。

「對了，馬爺，這方硯台，究竟是什麼來歷啊？」賈似道似乎有點打蛇隨上棍的意思了。馬爺聞言，呵呵一笑，先是嘀咕了一句：「你倒是懂得撿時候。」

連邊上的周大叔也樂呵呵地看了賈似道一眼，還偷偷做了一個讚賞的手勢。

賈似道心裏了然，自己這不是投馬爺所好嘛。不趁此機會，得了便宜賣點乖，更待何時？

「小賈，你剛才也說了，這硯台比較出名，那麼，你應該也還知道其他一些出名的硯台吧？」馬爺並不急著解釋，反而循循善誘地問了一句。

「呃，我記得，這硯台應該是中國的五大名硯之一，好像是排在第三位的。至於更具體的，我就不是很清楚了。」因為剛才已經通過了馬爺的考驗，賈似道現在回答起來，也利索了不少。並且，賈似道始終做到，明白什麼就說什麼，不明白就是不明白。所謂知之為知之，不知為不知，是為知之也。這樣一來，反而能博得馬爺的更多好感。

馬爺聞言，頗為欣慰地點了點頭，隨後才把目光投在硯台上，說道：「小賈說得沒錯。這方硯台，的確是在中國的五大名硯中位列第三。老大端硯、老二歙硯、老三洮硯，也稱澄泥硯。具體來說，澄泥硯在東漢三國時期就形成雛形了，宋人《文房四普》中就有記載，『魏銅雀台遺址，人多其古瓦，琢之為硯，甚工，而貯水數日不燥。』後來，到了盛唐的時候，澄泥硯的製作水準，已經相當高明了，時人稱澄泥硯為『硯之王者』。」

「如此說來，這方硯台是盛唐時期的嘍？」賈似道問道。

「這倒不是。」馬爺微微一笑，「這方澄泥硯是清代作品，仿漢末央瓦型，墨堂處平淺微凹，墨池如一彎新月立平堂之上。你看……」說到這裏，馬爺把這方硯台從書架上拿了下來，手指著硯台上的一處地方，說道：「暫且不說這硯台的造型，光是這硯體的包漿就非常自然，絲毫沒有作偽的痕跡。整方石硯，不管是遠看還是近看，都流露出一股敦厚的氣派，有一種現代人無法仿製出的歲月神采，極為難得。」

也許是說到得意之處，馬爺一邊說著，還一邊很感慨地說了幾句，神思之間，似乎也回到了製造硯台的那個悠遠歲月。

此時，周大叔似乎也聽得興起，問了一句：「馬爺，那這方硯台的價值，能有多少呢？」

雖然問話的內容俗了一些，卻也沒有惹來馬爺的不快，只是在嘴裏嘟囔了一句：「小周，你還真是深得生意人的精髓啊。我看你在古玩的鑒定力上沒有什麼長足進步，但是在做生意上，卻越來越混得精滑了。」

「哪裏哪裏。」周大叔趕緊謙虛了一句，「都是靠著長輩的提攜而已。」

「不過，你問得也對。再好的古玩，要是用來自己收藏，也還罷了。但要是投放到市場上，自然應該有其相應價值。」馬爺點了點頭，忽然問了賈似道一句：「小賈，你來猜猜，我這方硯台能值多少價錢？」

「這個，馬爺，看您現在頗有點得意的樣子，我只能說，您收上手的時候，這方硯台肯定不會太貴。」賈似道的回答裏，故意打了個擦邊球。

「你小子……」馬爺呵呵一笑道，「這的確是我的撿漏之作。大概是在五年前吧，我從一個地攤上收來的。當時花了不到一千塊錢。主要是那個攤主看著這方硯台太素了，覺得賣不出什麼好價錢來，倒是便宜我這個老頭子了。」

「其實，硯台這東西，素有素的好處啊。」賈似道應了一聲。心裏暗自補了一句，要是這硯台的表現很好、很出色的話，也輪不到馬爺來撿漏了。

「的確。」馬爺肯定地點了點頭，「這古玩其實就和人一樣。表面上素一點、淡一點，只要不破破爛爛的，還過得去，只要內在底蘊豐富，那麼它的價值也就豐滿了。」

賈似道和周富貴自然是開口稱受教了。這種老一輩的言傳身教，還是頗為讓人受益的。尤其是在古玩一行，這樣的口口相傳，更顯得彌足珍貴。

「好了，你們倆也不用這麼認真。」馬爺倒是爽快，「平時像小周這樣，耍耍滑頭什麼的，都還無所謂。真要到了節骨眼上，才是表現一個人氣節的時候……再說這方澄泥硯吧，要是作為古玩，放在一般玩家的手中，還真值不了幾個錢，但是，放在愛硯藏家的手中，則必定不會太過於計較價格。」

正所謂古玩古玩，玩的就是一種底蘊，玩的就是一種情感，玩的就是超越古玩本身的人為賦予的豐富內涵。

比如，一件古玩的傳承，它所記載的歷史，它所鐫刻的相關人事，都遠遠超出了古玩本身的價值。這也是古玩一行非常注重的，任何一件東西都要傳承有序的原因。好比同樣的兩件瓷器，一件默默無聞，另一件則是在某個大藏家手裏，有明確記載著收藏過，甚至收藏過程中還有一些故事。那麼，其市場定價會差別很大。

市場上的價格，只不過是一個參考而已。只有那些愛古玩的人，把某個類型的物件玩到極致的人，面對自己喜歡的東西時，那才叫真正的無價之寶。

請續看《古玩人生》之七　億元古幣

古玩人生 之6 古玩泰斗

作者：鬼徒
發行人：陳曉林
出版所：風雲時代出版股份有限公司
地址：105台北市民生東路五段178號7樓之3
風雲書網：http://www.eastbooks.com.tw
官方部落格：http://eastbooks.pixnet.net/blog
Facebook：http://www.facebook.com/h7560949
信箱：h7560949@ms15.hinet.net
郵撥帳號：12043291
服務專線：(02)27560949
傳真專線：(02)27653799
執行主編：劉宇青
美術編輯：許惠芳

法律顧問：永然法律事務所 李永然律師
北辰著作權事務所 蕭雄淋律師

版權授權：蔡雷平
初版日期：2016年11月
初版二刷：2016年11月20日
ISBN：978-986-352-370-3

總 經 銷：成信文化事業股份有限公司
地　　址：新北市新店區中正路四維巷二弄2號4樓
電　　話：(02)2219-2080

行政院新聞局局版台業字第3595號 營利事業統一編號22759935

定價：280元　特價：199元

國家圖書館出版品預行編目資料

古玩人生／鬼徒 著. -- 初版-- 臺北市：風雲時代，
2016.08 -- 冊；公分

ISBN 978-986-352-370-3（第6冊；平裝）

857.7　　105012837